ENGİN MAVİ

Arslan Sayman

tudem®

Yazar: Arslan Sayman

Resimleyen: Buket Gencer

Yayın Yönetmeni: İlke Aykanat Çam

Editör: Burhanettin Düzçay

Düzelti: Özden Karakulak

Dizgi - Grafik: Tudem

Baskı: Ertem Matbaa • 0 312 284 18 14

Birinci Basım: Nisan 2010 (3000 adet)

ISBN: 978 - 9944 - 69 - 452 - 0

www.tudem.com

ENGİN MAVİ

ya da
özgürlüğüne düşkün minik bir kayığın
açık denizdeki serüvenleri

Arslan Sayman

tudem®

Arslan Sayman

1965 yılında İzmir'de doğdu. Ege Üniversitesi Psikoloji Bölümü'nü bitirdi. Uzun yıllar İzmir ve İstanbul'daki reklam ajanslarında reklam yazarı ve yaratıcı yönetmen olarak çalıştı, çeşitli dergilerde editörlük yaptı. Daha önce; *Kırmızı Kuş, Yıldız Cini, Sarımsak Kasabası, Şarkı Söyleyen Berber, Limon Ağacının Şarkısı* ve *Karganın Rengi* isimli çocuk kitapları yayımlandı. Uslu durmuyor ve çocuklar için yazmayı sürdürüyor.

Tudem Yayınları'ndan çıkan kitapları:

Karganın Rengi (öykü)

Engin Mavi (roman)

Bu kitap;
Kalamış Koyu'nun ve Kurbağalıdere'nin has çocuğu Deniz Üçbaşaran, İzmir'in cesur ve fırlama karaşın kızı kadim dostum Elif Özkan, İstanbul Ortaköy'lü yüreği kocaman dünya vatandaşı dostum Fatma Küçüktaş ile caaanım Ilgın Su'ya ithaf edilmiştir...

Teşekkür

Engin Mavi ilk yazıldığında kısacık bir öyküydü. Kurbağalıdere'den ayrılıp denize açıldığında macerası da bitiyordu. Öyküyü okuyup "Peki engin mavi açık denizde maceralar yaşamamış mı? Yoksa onları kendinize mi sakladınız?" diye soran sevgili Aslı Tohumcu olmasaydı Engin Mavi'nin açık denizdeki serüvenleri de olmayacaktı. İyi ki o soruyu sorup beni cesaretlendirdi.

Kurbağalıdere'deki Sıkıcı Hayat

Açık denize çıkmışlığım hiç yok. İstanbul'da, Kalamış Koyu'na dökülen bu derenin ağzındaki barınağa bağlanmış bekliyorum. Buraya Kurbağalıdere diyorlar. Balıkçılar aralarında konuşurlarken duydum. Burası için bundan daha güzel ve uygun bir isim olamaz. Kurbağalıdere... Aslında bana kalsa kurbağaları geveze dere derdim. Ama bana soran yok ki…

Kendimi tanıtmadan lafa girdim, değil mi? Benim adım Engin Mavi. Adıma bakarak benim kocaman, yelkenli ve açık sularda yüzen bir tekne olduğumu sanmayın. Ben uçsuz bucaksız denizi bilmiyorum.

Sonsuz mavilikleri barınakta uykuya daldıktan sonra, rüyamda görüyorum. Adımın tam tersine, sürekli sığ sularda yüzen mini minnacık bir kayığım ben.

Halimden memnun değilmişim gibi anlattım kendimi, değil mi? Ne fena... Ama size yalan söyleyecek değilim. Evet, halimden pek memnun değilim.

Denizi ve engin mavilikleri o kadar sevmeme rağmen çoğunlukla bu dere yatağında bağlı duruyorum.

Güzelim mavi suların, engin denizin sadece kıyısına kadar gitmişliğim var.

Sahibimle balık avlamaya çıktığımızda açık denizin sınırına kadar gidiyoruz, ama o kadar işte. Sahibim uygun bulduğu yerde çıpamı atıyor, balık avlıyor, zaman zaman denize girip sonra baş tarafıma geçip yatıyor, güneşleniyor. Ben de olduğum yerde, o güzelim maviliğin kıyısında içimi çekiyor, hüzünleniyorum. Gözümü uzaklardan, koyu lacivert sulardan bir an olsun ayırmadan saatlerce duruyorum. Sahibimin deniz sefası bitince gerisin geriye Kurbağalıdere'ye dönüyoruz.

Çok balık tutulursa ben de sahibimin sevincine ortak oluyor, seviniyorum. Balık az olunca onunla beraber üzülüyor, sıkıntıyla oflayıp pufluyorum. Fakat asıl oflayıp puflamam barınağa geldiğimizde oluyor. Bazen barınağa dönmeyi hiç istemiyorum. Kurbağalıdere'den iyice uzaklaşmak, yeni ufuklara, yeni kıyılara, yeni koylara doğru yüzüp gitmek istiyorum. Ama anlayacağınız bu benim istememle olmuyor.

Kurbağalıdere o kadar sığ ki anlatamam. Gözünüzü derenin dibine diktiğinizde gördüğünüz sadece yosunlarla arada sırada geçip giden küçük kurbağa yavruları.

Bu sığ dere yatağında denizdeki renk geçişlerini, bin bir rengin dans edişini göremezsiniz. Sanırım buranın derinliği ancak birkaç kulaç.

Ah, unutmadan söylemeliyim; geceleri kurbağaların vıraklamaları var. Belki burayı sevmememin bir nedeni de budur, bilmem. Tam uykun gelmişken kurbağaların çıkardıkları seslerin arasında uyu uyuyabilirsen. O kadar zor ki!

Bizim Kurbağalıdere'de en çok konuştuğumuz konu engin mavilikler ve onun güzellikleridir. Açık denize, koyu lacivert sulara karşı beslediğim sevginin, içimde büyüyen tutkunun nedeni de bu konuşmalar. Ama bu dere yatağında çakılıp kaldım. Arada sırada balığa çıkmasak çıldırabilirim.

Balık avlamaya gitmeyi seviyorum. Saatlerce denizde olmaya bayılıyorum. Uykusuz kaldığım gecelerin ertesinde denize açılmışsak, hafifçe esen rüzgârın eşliğinde çok güzel uyuyorum. Sahibim kürekleri suya daldırdığında çıkan sesle uyanıp kendime geliyorum. İşte o zamanlar bütün neşem kaçıyor. Çünkü anlıyorum ki, tekrar barınağa dönüyoruz.

Bir gün sahibimle balık avına çıkıyorduk. Kurbağalıdere'nin ağzına kadar yavaşça gelmiştik, sahibim birden küreklere asılmaya başladı. Öyle hızlı gidiyorduk ki, açıldık da açıldık...

"İşte!" dedim. "Herhalde engin denizle ve koyu mavilikle tanışma günüm geldi."

Nasıl sevinmiştim anlatamam. Ama birdenbire yavaşladık, yine açık denizin kıyısında durduk, bütün bir gün boyunca orada pinekledik.

Tahmin edeceğiniz gibi ben de gözümü ufuktan ayırmadan öylece kalakaldım. Bu yaz da hep böyle geçti. Her defasında, bugün daha açığa gideceğiz, sahibim orada çıpamı denizin derinlerine bırakacak, diyordum. Şimdiye kadar hep hayal kurdum tabii, böyle bir şey hiç olmadı.

Bu gece yine balığa çıkacakmışız, sahibim arkadaşlarıyla program yapıyor. Aralarında ilk kez gördüğüm biri "Yarın gece benim Yakamoz'la balığa çıkalım" dedi. Tam kıyıdan ayrılmaya hazırlanırken iri gövdesiyle bordama yanaşan ve üstüme abanarak binen bu adamı hiç sevmedim.

Beni gördüğü anda suratını ekşitip, dudaklarını büzerek "Bununla balık avlanmaz. Açık denize hiç çıkılmaz. Bırakın balığa çıkmayı, bununla mehtap sefası bile yapılmaz. Yahu bu küçücük şey için bir de masraf yapıp kışlık barınak mı arıyorsun?" diyerek gülüyordu. Böyle kaba birini kim sever ki?

Denize açılmaya başladık, sahibim yavaşça küreklere asılıyordu. O kadar güzel yol alıyorduk ki, adamı neredeyse unutmuştum. Ama sevimsiz adam bana kendisini hatırlatmak ister gibi "Bu kayık ne kadar ufak" demez mi? Keşke büyük bir dalga gelip şu adamı ıslatsa diye geçirdim içimden.

Dereden ayrıldığımız andan başlayarak oturduğu baş tarafımda kıpırdamadan durdu. Konuştu da konuştu.

Anlattıkları da ilgi çekici, hoş şeyler değildi üstelik. Denize, yakamozlara, minik deniz canlılarına, küreklerim çekilirken çıkan şıpırtılara, denize vuran ay ışığına dair tek sözcük etmedi. Sürekli olarak kıyıdan ve kıyıdaki çay bahçelerinden, lokantalardan bahsetti durdu.

Arada da benim hakkımda atıp tutuyordu. Konuşmasının bir yerinde "Bu kayığın tahtalarıyla mangal bile tutuşturulmaz azizim" diyerek gülmez mi, beni iyice sinirlendirdi. Elimde olsa kendi kendimi devirip adamı da suya atardım. Ama elimde değil işte.

Her zaman neşeli olan, benimle sürekli konuşan sahibimin ağzını bıçak açmıyordu. Dönüş yolunda kürekleri hızlı hızlı çekmesinden ne kadar sıkıldığını anlamıştım aslında. İyi ama bu sevimsiz adamı davet eden kendisi değil miydi? Neyse, anlaşılan gövdesi iri ama içi boş bu adamı sahibim de sevmiyordu.

Dere yatağına dönmeye karar veren sahibim, küreklere asıldı. Huzursuz bir tavırla oturan adama dönüp "Bütün gece kayığın kenarlarına tutunup durdunuz, denizin keyfini çıkaramadınız" dedi. Adam da "İtiraf edeyim ben denizden çok korkarım. Denize açıldığımızda çenem düşer, sürekli konuşur dururum. Haklı olarak 'öyleyse niye bir kayık aldınız' diye soracaksınız. Çocukların ısrarına hayır diyemedim" demez mi?

Öyle bir kahkaha attım ki, denizdeki balıkları uyandırmış olmalıyım. Karşılaştığımızda bana sevimsiz gelen adamın bu itirafından sonra benim için söylediklerini unutmaya, adamı affetmeye karar vermiştim, fakat...

"Siz bu kış minik kayığınızı nereye koyacaksınız. Yer bulabildiniz mi?" deyince kararımdan vazgeçiverdim. Adamcağız, benim boyutlarıma takmıştı, elden ne gelir?

Minikmiş. Ne küstahça bir niteleme bu. Sahibim de adamın benim hakkımdaki söylediklerini duymamış gibi "Henüz bir karar vermedim. Arkadaşlarımızla birlikte yer arıyoruz. Sizin bildiğiniz bir yer var mı acaba?" diye sorunca içimi bir titreme alıverdi.

İşte acı gerçeği o gün öğrendim. Sahibim "Havalar gittikçe soğumaya başladı. Denizden kopmaya başlasak iyi olur. Fakat günlerdir, onca araştırmama rağmen korunaklı ve güvenli bir yer bulamadım" dedi.

Geçtiğimiz yıllarda kıyıya çekildiğimiz kayıkhane ne güzeldi aslında.

Ama o kayıkhane artık yok. Çünkü yandı. Şimdi o kayıkhanenin yerinde kocaman, ışıltılı bir balık lokantası var.

Size o korkunç geceyi anlatmalıyım:

Geçen yıl, ilkbahara doğru sahibim beni kontrol etmeye geldi. O ana kadar kıyıda, bakımım yapılıyordu.

Denizle ve balıklarla buluşmamıza az kaldı diye seviniyordum. Boyanmıştım, pırıl pırıldım, küreklerim, ıskarmozlarım yepyeniydi. Kendimi çok güzel buluyordum. Denize indirileceğim günü sabırsızlıkla bekliyordum.

Bir gece, bir insanın hatası yüzünden çıkan korkunç yangının, kayıkhanedeki her şeyi yakıp kül edeceğini kim bilebilirdi. O korkunç geceyi hâlâ unutamam. Beni ve arkadaşlarımı kurtarmaya gelenlerin bağrış çağrışları bugün bile hatırımda.

Birdenbire başlayan yangının alevleri her yanı sarmıştı. Hızla kayıkların olduğu bölüme sıçramıştı. Yangının başlamasıyla beraber her yanı dumanlar sarmıştı.

Benim yakınıma kadar ulaşan alevler, öyle sıcak öyle sıcaktı ki. Üzerimdeki boyalar kabarıp çatlamaya başlamıştı. O gece birçok arkadaşım yangından kurtarılamadı. Benim de gıcır gıcır küreklerim yanıp kül olmuştu. Kabarıp dökülen boyalarımı saymıyorum bile.

Yangından kurtarıldığımda neredeyse tanınmaz haldeydim. Beni bir kamyona yükledikleri gibi yapıldığım yere götürdüler. Sahibimin o günkü yüzünü unutamıyorum, neredeyse ağlayacaktı. Tamirhanede hemen her şeyim yenilendi. Bana yepyeni kürekler yapıldı. Eski rengime, yani maviye boyandım. Tekrar hayata döndüm. Ama koca bir yılı da tekne tamir atölyesinde geçirdim. Deniz gözümde tütüyordu.

Bu yıl da sahiplerimizin bizler için yer aramaya başladıklarını duyunca o geceyi hatırladım ve korkuyla titredim. Yeni kayıkhanede de yangın çıkarsa, bu sefer hepimiz yanıp kül olursak diye kara kara düşünmeye başladım.

Geveze adamın anlattıklarına göre, bazı tekne sahipleri işin içinden çıkamamışlar. Tekneleri son kez kıyıya çekip orada başıboş bırakacaklarını ya da satacaklarını söylüyorlarmış. Sahibim "Evet, bunları ben de biliyorum. Bakalım nasıl bir çözüm bulacağız?" dedi.

Bu konuşulanları can kulağıyla dinledim, ama içimi karartan haberler olduğunu söylemeliyim.

Duyduklarımı barınaktaki arkadaşlarımla paylaşmalıyım, dedim. Fakat biz Kurbağalıdere'ye geldiğimizde herkes çoktan uyumuş, denizle ilgili düşlere dalmıştı bile.

Ertesi gün sabah erkenden denize açıldık. Sürekli dolaştık. Balık avladık. Sahibimle birlikte geçip giden gemileri seyrettik. Akşamüstüne doğru dere yatağına döndük.

Gece olmaya başladığında öğrendiğim haberleri arkadaşlarımla paylaşmak için sabırsızlanıyordum. Gökyüzünde dolunay vardı. Arada sırada esen ılık rüzgâr beni hafifçe sallıyordu. Sallandıkça da uykum geliyordu. Ama hayır, uyumamalı, bu çok çok önemli haberleri arkadaşlarıma iletmeliydim.

Sahiplerimiz belki de birkaç gün içinde yeni bir kayıkhane bulacaklardı. Kışı geçirmemiz için bütün kayıkları oraya taşıyacaklardı. Hepimiz ayrı ayrı yerlere gidecek ve birbirimizden ayrılacaktık. Hatta bazı arkadaşlarım satılacak, iyice uzaklara gideceklerdi.

Kabul etmelisiniz bu çok kötü bir durumdu. Koca bir kışı belki yalnız başımıza geçireceğiz. Açıkçası öyle bir şey olursa ben sıkıntıdan patlarım. Konuşacak arkadaşınızın olmadığını düşünün. Bundan daha kötü bir şey olabilir mi?

Uyumamalıyım... İnsanlar barınaktan ayrıldığında, arkadaşlarımla bu konuyu konuşmalıyım. Onları bilgilendirmeliyim. Ooooof, ne kadar uzun bir gece bu böyle! İnsanlar da gidip bizi baş başa bırakmıyorlar. Biraz daha sabretmem gerekiyor. Gözümden de uyku akıyor. Ama uyumamalıyım. Uyumamalıyım...

Barınakta kimselerin kalmadığına emin olunca cüsseme ve yaşıma aldırmadan sesimi yükselttim. Büyük kayıkların ve yelkenlilerin bağlı olduğu yerde hafif bir kıpırdanma oldu. Büyük bir yelkenlinin, gür sesiyle "Gecenin bu saatinde konuşan da kim? Uyuyun artık. Geç oldu!" diye çıkışmasına rağmen susmadım. Duyduklarımın hepsini bir bir aktardım.

Haberi duyunca bütün kayıkları, balıkçı teknelerini, yelkenlileri bir telaş aldı. Konuşmaya başladığımda beni duyup homurdanan herkes şimdi bana sorular sorup duruyordu...

"Emin misin?"

"Nereden çıkardın şimdi bunu?"

"Peki bizi ne zaman götürecekler, biliyor musun?"

"Gideceğimiz yer güvenli mi?"

"Birbirimizden ayrılacak mıyız?"

Daha bir sürü soru.

Herkesin sakinleşmesini bekledim. Hep bir ağızdan konuşmanın faydası yoktu. İlginç bir geceydi, derenin geveze kurbağaları bile susmuş bizi dinliyordu.

Herkes susunca tekrar konuşmaya başladım:

"Geçen yıl ki yangını eminim kimse unutmamıştır. O korkunç gecede bazı arkadaşlarımızı kaybettik. Kürekleri, yelken direkleri, dümenleri yanan hatta tümüyle kül olan arkadaşlarımız oldu. Yangından sonraki günleri hatırlamak bile istemiyorum. Koca bir yılı kıyıda sıkıntıdan patlayarak, tamir edilmeyi bekleyerek geçirdik. Yaşadıklarımızı unutmak için ne kadar uğraştık biliyorsunuz."

Bunları anlatırken o geceyi tekrar yaşıyor gibiydim. Sesim titriyordu, konuşmamı sürdürdüm.

"Kendimize gelmemiz, tamir edilip tekrar denize açılmamız aylar sürdü. Bu yıl gideceğimiz barınağın güvenli bir yer olup olmadığını bilmiyoruz. Satılabiliriz. Bambaşka yerlere götürülebiliriz. Kıyıda kaderimize terk

edilebiliriz. Bildiğim tek şey, bazılarımızın kışı geçirmesi için bir yerlere götürüleceği. Ama hangilerimiz gidecek hiç bilmiyorum. Herkesin kaderi sahibinin vereceği karara bağlı" dedim.

Sustuğum anda Kurbağalıdere'nin halini görmeliydiniz. Ortalık yine karışmıştı. Her kafadan bir ses çıkmaya başladı. Daha doğrusu gökyüzüne doğru bir uğultu yükseldi.

Ben konuşmaya başladığımda beni uyaran yelkenli, gür sesiyle "Herkes bir ağızdan konuşursa kimse bir şey anlamaz. Sırayla konuşalım!" diyerek herkesi susturdu. Sonra "Geçen yıl ki yangını ben de çok iyi biliyorum. Pruvamda çıkan yangını sahibim zar zor söndürmüştü. Eğer biraz daha geç kalsaydı kül olup gidecektim" dedi.

Sesini iyice alçalttı: "Ama kışı geçireceğimiz bir barınağa gereksinmemiz var. Bu kaçınılmaz. Kışın hava soğuduğunda, dalgaların kıyıyı yerle bir ettiği, denizin yükseldiği, soğuk rüzgârların kıyıyı dövdüğü, kurbağaların bile terk ettiği bu dere ağzında kalamayız ya! Sahiplerimiz kışı geçireceğimiz korunaklı bir kayıkhane bulamazlarsa, başımızın çaresine kendimiz bakacağız. Ben kendi kaderimi kendim belirlemeyi tercih ederim."

Barınakta yelkenliyi onaylayan homurtular yükseldi.

Yelkenli söylediklerinde haklıydı. Üstelik bu çıkışı çok cesurcaydı. Ancak herkes yelkenli kadar cesur değildi. Bazı kayıklar kaderlerine boyun eğerek, sahiplerinin vereceği kararı bekleyeceklerini söylediler. Peki ama götürüleceğimiz yerin güvenli, korunaklı olacağını kim garanti edebilirdi? İşte asıl sorun da buydu. Hepimizin aklında o korkunç yangının alevleri vardı.

Barınağa hâkim olan suskunluğu herkesin çok sevdiği, içimizdeki en yaşlı, en deneyimli tekne olan Barbarossa bozdu:

"Arkadaşlar, sanırım ben bu sorunu çözmenin bir yolunu biliyorum. Bana güveniyorsanız ne ala. Şimdi herkes güzelce uyusun. Açık denizde yol aldığını düşlesin" diyerek bizi rahatlattı. Aramızdan bir iki kayık ses edecek oldu, ama Barbarossa'nın kendinden emin tavrı karşısında susup kaldılar.

Zor bir gece olacaktı. Barbarossa'ya herkesin güveni tamdı. Sadece nasıl bir çözüm bulduğunu bilmemek huzursuzluk vericiydi.

Ben tüm olumsuz düşünceleri bir kenara attım. Öğrendiklerimi arkadaşlarımla paylaşmış olmanın verdiği iç huzuruyla derin bir uykuya daldım.

Gecenin ilerleyen saatlerinde gövdeme değen başka bir kayık beni uyandırdı. Önce gördüklerime inanamadım. Uyku sersemi bir halde çevreme bakındım. Ama hayır, gördüğüm şey bir rüya değildi. Kıyıya bağlandığı ipten kurtulan bir kayığın Kurbağalıdere'de yavaşça süzülerek denize doğru yüzdüğünü gördüm.

Uykulu gözlerle baktım... Nasıl yaptığını anlamadım ama Barbarossa tüm kayıkların iplerini sırayla gevşetmeye başlamıştı. Bağlarından kurtulanlar hızla denize doğru yüzüyorlardı. Ne zaman sıra bana gelecekti. Sabırsızca bulunduğum yerde sallandım durdum. Yanıma gelen giden yoktu. Yorgunluğa daha fazla dayanamayıp tekrar uykuya daldım.

Sabah bordama vuran soğuk ve büyük bir dalgayla uyandım. Güneş gökyüzünde yeni yeni kendini gösteriyordu. Gün yavaşça ağarıyor, gökyüzü aydınlanıyordu.

Dalgalar arasında hafif hafif yol alıyordum. Rüyada olmalıyım diye düşündüm. Uyanmak için gözlerimi kırpıştırdım; ama hayır, engin denizin ortasında, koyu lacivert suların koynundaydım işte! Rüyada falan değildim.

Yapıldığım, Kurbağalıdere'de suya indirildiğim andan itibaren hep bunu istememiş miydim? Engin denizlere açılmak ve derin sularda yüzmek en büyük hayalim değil miydi? Hayalim sonunda gerçek olmuştu işte.

Bir süre öylece salındıktan, içinde bulunduğum durumun keyfini çıkararak yol aldıktan sonra çevreme bakmayı akıl ettim. Biraz ötemde Ay Işığı, biraz daha ötede Laci, onun hemen yanında da Yakamoz'u görüverdim. Çok uzakta da Barbarossa ve Sait Faik rüzgârın önüne katılmış seyir halinde denizin keyfini çıkarıyorlardı.

Ben uykuya daldıktan sonra Barbarossa ne yapmış etmiş, hepimizin halatlarını gevşetmeyi başarmıştı. Dalgalar gövdemize vurdukça ve biz sallandıkça kıyıya bağlandığımız tüm halatlar açılmıştı. Şimdi Kurbağalıdere'nin bütün sakinleri engin denizde mutlulukla süzülüyordu. Barbarossa'nın bunu nasıl yaptığını hiç bilmiyorum. Ama ona minnettarım.

Nasıl mutluydum! Bir an aklıma bir şey geldi, gülmeye başladım. Sabah Kurbağalıdere'ye gelip hiçbirimizin orada olmadığını görünce sahiplerimizin yüzünün alacağı hali düşündüm.

Ama hayır! Haksızlık etmemeliyim. Sahibim bana her zaman iyi davranır, benimle konuşurdu. Sadece benim içimdeki özgürlük tutkusunu, açık deniz özlemini anlayamamıştı. Onu özleyecektim...

Güneş gökyüzünde yavaşça yükseliyor, dalgalar benimle oynuyordu. Deniz hafif çalkantılarla beni kendimden geçiriyordu. Uçsuz bucaksız denizin koynunda kendimi gerçekten adım gibi hissediyordum... Engin Mavi.

Özgürlüğün ne olduğunu, ne kadar değerli olduğunu da işte o an kavradım. Deniz; ana kucağım, beni sarıp sarmalıyor, hafifçe koynunda sallıyordu.

Minik bir dalga beni itti ve kıyıya doğru döndüm. Dikkatlice baktım. Artık uzakta, çok ama çok uzakta kalan kıyıda tek bir şeyi görebiliyordum. Bu, denize dimdik inen bir uçurumun üstündeki heybetli ve görkemli bir ağaçtı.

Birden aklıma Barbarossa'nın çok çok önceleri söylediği, benim de sevip ezberlediğim bir denizci atasözü geldi:

"Her ağaç toprağa kök salar, gökyüzüne uzanır ama hep denizi düşler."

Açık Denizdeki Günlerim

Barbarossa'nın söylediği gibi ben de açık denizi düşleyip duruyordum. Ama şimdi düş kurma zamanı değildi. Çünkü artık açık denizin koynundaydım, bunun keyfini çıkartmalıydım. Düşüme kavuşmuştum. Sevinç içindeydim.

Az ötede salınıp duran arkadaşlarım Ay Işığı ve Laci' ye "Çok mutluyum çooook! Sonunda açık denizdeyim!" diye seslendim. "Siz ne tarafa doğru gideceksiniz?"

Denizi iyi bilen Ay Işığı "Kendimizi denizin koynuna bıraktık. O bizi nereye götürürse oraya gideceğiz" dedi. Açıkçası böyle bir yanıt beklemiyordum, şaşırdım.

"Tamam... ama, bir yönümüz yok mu?" Doğrusunu söylemem gerekirse benim gibi açık denizleri bilmeyen, deneyimsiz bir kayığa yol göstermelerini istiyordum. Gülerek "Hayır, bir yönümüz yok. Deniz, dalgalar ve rüzgâr bize yön verecek. Onlar nereye götürürse oraya gideceğiz" deyince ben de güldüm.

"Tamam öyleyse. Yaşasın deniz, dalgalar ve rüzgâr!" diye haykırdım.

Laci de benim neşeme ortak olup gülümsedi. Ardından da "Dalgaların ve rüzgârın yönüne dikkat et. Onları iyice gözle. Rüzgârın estiği, dalganın geldiği yönü takip et. Unutma olur mu?" diye seslendi.

Sakin denizde öylece duruyordum. Dalgaların gövdeme değmesi, hafifçe esen rüzgârın beni yavaşça sallaması hoşuma gidiyordu. Gökyüzündeki bulutları seyre koyuldum. Ne kadar hızlı hareket ediyorlardı. Acaba onlar kadar hızlı gidebilir miydim? Güçlü bir rüzgâr beni de önüne katıp götürse diye düşündüm. Bulutları izlerken derin düşüncelere daldım.

Aaaa! Başımın üstünden geçip giden şu bulut bembeyaz bir kuzuya benziyordu. Buluta seslenerek "Nereye gidiyorsun?" diye sordum. Ama o kadar uzaktaydı ki beni duymadı.

Sonra bir başka buluta takıldı gözüm. Kocaman koskocaman bir gemiye benziyordu. Bacasından dumanlar çıkarıyordu. Geminin direğine kuşlar konup konup uçuyorlardı. Direkten havalanıp giden kuşlar başka bulutlara karışıyor, yok oluyordu.

Buluttan gemi hızla yol alıyor, yol aldıkça bozuluyordu. Önce ikiye ayrıldı. Gemiden ayrılan bulut parçalarından biri tepesinde sipsivri tüyü olan beyaz bir şapkaya dönüştü. Diğeri de bir makineye benzemeye başladı. Geminin o dumanlar tüten bacası şimdi bir makineye dönüşen bulutta tütüyordu.

Biraz sonra şapka ve makine bulut da dağılmaya başladı. Hızla dağılarak küçük küçük parçalara ayrıldılar.

Ama dağılan bulut parçalarını bir şeye benzetemedim. Sonra aradan sıyrılan bir bulutu küreğe benzettim. Sapı upuzun bir küreğe…

Tam o sırada, o ana kadar gördüklerimin hepsinden daha büyük bir bulut ortaya çıktı. Gökyüzünü kapladı. O kadar büyüktü ki, güneşi bile arkasına aldı. Güneş görünmez oldu. Gökyüzü karardı. Masmavi gökyüzü griye büründü. Gövdemi serin bir rüzgâr yalayıp geçti. Beni sallayıp bulunduğum yerden iyice uzaklaştırdı.

Aklıma Ay Işığı ve Laci geldi. Onlar ne yapıyordu acaba? Onlar da benim gibi bulutları seyre mi dalmışlardı? Onlardan yana baktım. Fakat ikisi de benden o kadar çok uzaklaşmıştı ki.

"Heeeey! Ay Işığı, Laci bulutlara bakıyor musunuz?" diye haykırdım. Sesimi duyuramadım.

Arkamda "Hey Engin Mavi! Kime bağırıyorsun bakalım?" diyen bir ses duydum.

Bu Titanik'in sesiydi, hemen tanımıştım. Azıcık sağa doğru döndüm ve karşımda onu buluverdim. Aslında pek sevdiğim bir yelkenli değildi Titanik. Adını çok severdi. Tarihi bir adı varmış. Galiba bu yüzden herkese tepeden bakardı. Kasıntı bir tekneydi. "Benim adım, bir sürü insanın hayatını değiştiren bir gemiden geliyor. Hatta o gemi ile ilgili onlarca film bile yapılmış" der dururdu. Burnu büyüktü anlayacağınız. Aslında o gemiyle benzerliği sadece adıydı. Ama olsun, onu gördüğüme bile sevinmiştim.

"Açık denizin koynundayım, mutluyum. Daha ne olsun?" diye yanıt verdim.

"Engin Mavi seni severim bilirsin. Ama bu gövdenle sen açık denizlerde yol alamazsın. Güçlü bir dalgayla alabora olursun. Sert bir rüzgâr eserse, bilmediğin yerlere gider, kaybolursun. Hatta sana bir gemi çarpıp seni parçalayabilir. Benden söylemesi" demesin mi?

Korkmuştum, gerçekten de korkmuştum. Bu sevimsiz tekne azmanı yapmıştı yapacağını. Belki haklıydı, bu benim boyumu aşan bir maceraydı. O dere yatağında kalmalı, bir yere ayrılmamalıydım.

Sahibimin benim için vereceği kararı beklemeli, kaderime razı olmalıydım. İyi de geri dönmek istesem, bunu nasıl başaracağım. Arkamda kalan Titanik'e bunu sormak istedim. Hızla üstüme gelen bir dalganın yardımıyla arkaya döndüm. Ooooo! Titanik almış başını gitmişti.

Arkasından baktım. Açık denizde keyifle süzülüyordu. "Kıskanç şey, benim özgürlüğümü kıskanıyor" dedim. Zaten bu saatten sonra geri de dönemem ya!

Kendi kendime "Yapacak bir şey yok, artık çok geç Engin Mavi" dedim. Denize açılan teknelerin birbirlerine söylediği gibi "Rastgele!" dedim ve yoluma devam ettim.

Gökyüzü gittikçe grileşiyordu. Güneş sanki küsmüş, yüzünü göstermiyordu. Rüzgâr daha da şiddetlendi. Öyle hızla esti ki, beni önüne katıp sürüklemeye başladı.

Uzaktan olsa da görebildiğim manzara şuydu. Ay Işığı ve Laci de birbirlerinden uzaklaşmaya başlamıştı.

Titanik bile hızla uzaklaşıyordu. İçimde bir ses "Galiba benim sonum, şom ağızlı Titanik'in söylediği gibi olacak" diyordu.

Kendimi toparlamalıydım, daha yolun başında bu kadar karamsar olmamalıydım. Her yeri karartan o kocaman bulutun bir an önce güneşin önünden çekilmesini istiyordum. Rüzgâra "Biraz da gökyüzünde eser misin lütfen?" diye seslendim. "Her yeri karartan bulutu, güneşin önünden çeker misin?"

"Vuuuuuv" diye esti rüzgâr. Üzerimden eserek bana, "Merhaba sevimli kayık. Ne o, arkadaşlarından ayrıldığın için üzüldün mü?" dedi.

Rüzgârın sormasıyla aklıma yeniden arkadaşlarım geldi. Aslında evet, onlardan ayrıldığım için üzülmüştüm. Ama daha çok, bulutları seyretmeye devam etmek istiyordum. Gökyüzünde esip kocaman bulutu güneşin önünden çekebilirdi. Böylece gökyüzü tekrar aydınlanırdı. Güneş beni ısıtırdı. Tepemde o kadar büyük bir bulut olmasa da olurdu. Gökyüzünde eserse bulutlarda daha hareketli olurlardı. Bulutları bir sürü şeye benzetebilirdim.

Rüzgârın, kafamdaki kötü düşünceler gibi bulutları da dağıtmasını istedim.

Kısa bir süre sonra bulut güneşin önünden hızla çekilmeye başladı. Sanki rüzgâr beni dinlemişti. Güneş etrafı ışıl ışıl aydınlatmaya başladı. Rüzgârın nereye gittiğini bilmiyordum ama "Çok teşekkür ederim!" diye bağırdım. Beni duymuş mudur?

Arkadaşlarım artık iyice uzaktaydı. Uzaklaştıkça küçülüp, görünmez olmaya başlamışlardı. Ay Işığı'nın o büsbüyük gövdesi, upuzun direkleri küçücük görünüyordu. Laci zaten küçük olduğu için iyice ufalmıştı. Rüzgârın sorusu geldi aklıma. "Arkadaşlarından ayrıldığın için üzüldün mü?" Başlangıçta sadece üzülmüştüm. Ama onlar benden uzaklaştıkça, içimi yavaş yavaş korku sarmaya da başlıyordu. Açık denizde tek başıma ne yapacaktım?

Adım Engin Mavi'ydi ama benim engin mavilikten haberim yoktu. Benim için açık deniz bir tutkuydu sadece. Kendimi arkadaşlarımın yanında güvende hissediyordum. Hele Ay Işığı gibi denizi iyi bilen, deneyimli bir teknenin yanında her yere gidebilirdim. Onlar benden uzaklaştıkça bu uçsuz bucaksız denizde tek başıma kalmaktan ürkmeye başlamıştım.

Rüzgârın "Güneşin tadını çıkar" demesiyle kendime geldim. Evet rüzgâr doğru söylüyordu. Bulutlar dağılmış, güneş gülen yüzünü göstermişti. Şimdi bunun tadını çıkartma zamanıydı. Arada sırada yanıma gelen, esintisiyle beni sallayan rüzgârla arkadaş olmaya karar verdim. "Bulutları dağıttığın için teşekkür ederim" dedim.

"Bir şey değil. Mutsuz görünüyordun. Yüzün asıktı, gökyüzüne çıkıp orada estim. Bulutları dağıttım" dedi. Sonra hızla esip gitti. Rüzgâr belki tekrar yanıma gelir diyerek kendimi avuttum.

Gözlerimi yeniden gökyüzüne diktim. Bulutları seyretmeye başladım. Fakat bir süre sonra canım yine sıkılmaya başladı. Gökyüzünde hızla yer değiştiren, dağılıp giden bulutları hiçbir şeye benzetemiyordum.

Aklıma birdenbire denize, denizin derinliklerine bakmak geldi. Daha iyi görebilmek için gözlerimi iyice kıstım, bakmaya başladım. Belki altımdan geçen balıkları görebilirdim. Onlarla arkadaşlık etmek keyifli olabilirdi. Yalnızlığımı unutabilirdim.

Dakikalarca bakıp durdum. Bir tane bile balık geçmedi. Gözlerim de ağrımaya başlayınca bu sevdadan vazgeçtim. Offff! Sıkıntıdan patlayacaktım.

Hep düşünü kurduğum gibi, Kurbağalıdere'den kurtulmak, açık denize çıkmak, engin mavilikte yol almak, özgür olmak elbette güzeldi. Fakat yapayalnız kalacağımı hiç düşünmemiştim. Bir tane arkadaşım olsa iyiydi. Birbirimizle konuşarak yol alırdık.

"Neyse" dedim kendi kendime, "madem açık denizdeyim. Madem böyle bir maceraya atılmayı kendim istedim, başıma geleceklere de katlanmam gerekir."

Çevremi seyre koyuldum. Uzakta denizin ortasında bir yükselti görür gibi oldum. Ama çok uzaktaydı. Tam seçemiyordum. Sanki denizin içinden bir dağ yükseliyordu. Görebildiğim kadarıyla üzerinde ağaçlar da vardı.

Keşke rüzgâr o yöne doğru esse, o dağa doğru gitsem diye düşündüm. Ama az önce esip duran rüzgârdan şimdi eser yoktu. Denizin üstü çarşaf gibiydi, kımıldamıyordu bile. Amaçsızca sallanıp duruyordum. O dağa doğru gidersem belki birileriyle karşılaşırdım.

Ben düşüncelere dalmışken üstümden uçan bir kuş "Merhaba, benim adım Gülen Sumru, nereye böyle?" diye seslendi. Yaşasın, nihayet yanıma biri gelmişti. Sevinçle gözlerimi yukarı kaldırdım. "Merhaba, benim adım Engin Mavi. Şu karşıdaki dağa gitmek istiyorum, sen nereye gidiyorsun?" diye sordum.

"Gak, gak, gaaaak. Ne dağı, o gördüğün bir ada. Sen ne kadar bilgisiz bir kayıksın bakayım" diyerek güldü.

Gülen Sumru ile karşılaşınca sevinmiştim. Ama anlaşılan iyi bir arkadaş olmayacaktı. Karşılaştığımız anda dalga geçerek beni sinirlendirmişti. Zaten o kadar sıkıntılıydım ki, bu geveze sumruyla uğraşacak değildim. Aklıma Laci ve Ay Işığı geldi. Sumru yükseklerde uçarken onları görmüş olabilirdi. Üstümde süzülüp dururken, sorsam mı sormasam mı diye geçirdim içimden.

"Ne kaybedeceğim ki? Sorayım gitsin" dedim, sordum. Sormaz olsaydım.

"Bugün denizde karşılaştığım bir sürü kayık bana aynı şeyi soruyor. Seninle karşılaşmadan önce de bir kayığı denizin ortasında amaçsızca gezerken gördüm. Biraz yorulduğum için üstüne tünemeye karar verdim, alçaldım. Konmamla havalanmam bir oldu. Sanki hayatında ilk kez sumru görmüş gibi, tahtalarından gacırtılar çıkardı. Sağa sola yalpaladı. Kürekleriyle suyu şıpırdattı. Korktum tabii... Gaaak, gaaak!"

Bu kuşun kötü gülüşü olmasa hakkında iyi şeyler düşünebilirdim. Yine de tepki vermeden dinlemeyi tercih ettim. Arkadaşlarım hakkında ondan bilgi alabilirdim.

"İyi niyetli bir kayık olduğunu anlayınca tekrar alçaldım ve küreklerinden birine kondum. Bana hemen birlikte yol aldıkları... bazen çok unutkan oluyorum adı neydi? Hımmmm... hah! Ay Işığı mı ne, onu görüp görmediğimi sordu. Rüzgâr arkalarında, sohbet ederek yol alıyorlarmış. Sonra birden rüzgâr hızlanıp, yön değiştirince birbirlerinden uzaklaşmışlar. Ay Işığı mı demiştim az önce... evet, evet öyle demiştim. O iri cüsseli tekneyi rüzgâr önüne katıp açıklara sürüklemiş. Gözden kaybolup gitmiş. Seninki bir üzülmüş, bir üzülmüş anlatamam. Üstüne tünediğimde içini çeke çeke ağlıyordu."

Sumru'dan bunları duyduğum anda "O Laci, Laci o! Benim arkadaşım" diye bağırdım. Bu arada Sumru benim baş tarafimdaki yükseltiye konmuştu.

"Ah! Ne çok üzüldüm şimdi. Adını sorup öğrenseydim keşke. Ne demiştin adı... Gak... Gaaaak... Gaaaak." Gülüşüyle beni iyice sinirlendirmeye başlamıştı. Biraz sallansam da şu geveze kuş üstümden uçup gitse diyemedim. Çünkü o zaman da yalnız kalacaktım. "Sen beni ne sanıyorsun? Denizde gördüğüm herkesin adını öğrenemem ya! Laci ya da maci neyse ne. Denizin ortasında tek başına kalmış bir kayık işte. Zaten her şeyi unutuyorum. İsmini söyleseydi bile, senin yanına gelinceye kadar unuturdum. Ay Işığı'nın adını aklımda tuttuğuma dua et."

Sumru car car konuşmaya devam etti ama onun sesini neredeyse duymuyordum artık. Kendi iç sesim o kadar yüksek çıkıyordu ki, Sumru'nun sesini bastırıyordu.

Demek ki arkadaşlarım birbirlerinden ayrılmış, engin denizde tek başlarına yol alıyorlardı. Ay Işığı için kaygılanmam gerekmez belki. Çünkü o kocaman bir yelkenli. Denizleri bilen, defalarca uzaklara yelken açmış, güçlü kuvvetli bir tekne. Ama ya Laci. O da benim gibi deneyimsiz bir kayık. Tamam belki benden biraz daha büyük ama, bu neyi değiştirir ki?

Bu koskocaman suyun üstünde küçük ya da büyük olmanız sorun değil bence. Bu mavi sonsuzluğu bilip bilmemeniz önemli. Dalgalar, rüzgâr, akıntılar sizin boyunuza posunuza bakmıyorlar ki. Suyun üstünde yüzüp duruyorsunuz. Önemli olan bunlara direnmek. Rüzgârı,

dalgaları, akıntıyı iyi gözlemlemek. Denizin değişimlerine dikkat etmek. Tüm bunları bilmek de yetmez. Gidecek bir yerinin olması gerekli. Gideceğin yerin yönünü bilmen gerekli.

Benimse gidecek bir yerim bile yok. Öylesine, başıboş ve amaçsız sürükleniyorum. Bir de şu sinir bozucu kuş, Gülen Sumru'ya laf yetiştirmeye çalışıyorum. Umutsuzluğum öyle arttı ki, neredeyse Titanik'le karşılaştığımda aklıma geliveren düşüncelere kapılıp...

"Ah! Ah! Bunların başıma geleceğini bilseydim açık denizi merak etmez, böyle bir maceraya kalkışmazdım..." diyeceğim.

Ama haaayır!

Böyle bir şey söylemeyeceğim. Bu geveze sumru bile "Keşke yapmasaydım. Keşke bu maceraya atılmasaydım. Keşke..." dedirtemez bana. Kurbağalıdere'den ayrıldığıma, açık denize çıktığıma hiç pişman değilim ve çok mutluyum.

Bunları kendime söyledikten sonra öyle bir rahatladım ki, baş tarafımda tüneyen Sumru da üzerimden uçup giderse daha da rahatlayacaktım. "Artık istersen sen de yoluna git" diyerek Sumru'ya seslendim. "Ah evet, haklısın! Nasıl unuttum, benim daha gidecek bir sürü yolum var. Sana da iyi maceralar, gaaak, gak, gak" diye o sinirli kahkahalarını atarak üstümden uçuverdi.

Arkasından bakarken içimi hüzün kapladı. Yeniden yapayalnız kalmıştım. Ama inanın sumrunun o karamsar, can sıkıcı tavrını da hiç sevmemiştim. Neyse, deniz o kadar büyük, o kadar engin ki, nasılsa karşıma birileri çıkar diyerek kendimi masmavi suların, dalgaların seyrine bıraktım.

Bakalım açık denizde beni bekleyen yeni maceralar nelerdi?

Arkadaşlarım Bata Çıka ve Haritacı Martı

Aslında herkesin canını sıkabilecek olan yalnızlık dışında, durumumdan şikâyetçi değildim. Şimdi, burada olmasaydım belki de başımdan çok kötü olaylar geçecekti. Sevgili arkadaşlarımdan zaten ayrılacaktım. Hepimiz başka barınaklara gidecektik. Belki gittiğimiz o barınaklardan birinde yine yangın çıkacaktı. Belki benim bulunduğum barınakta yangın çıkacaktı. Ben de yanıp kül olacaktım.

Bunu düşününce ürperdim.

İşte düşlediğim yerdeydim, daha ne isteyebilirdim? Rengi koyulaşan, lacivertleşen serin sularda olmaktan mutluydum.

Can sıkıcı sumrunun üzüntülü haberlerinden de yorulmuş olmalıyım. Uyuyakalmış, rüyalar alemine dalmışım.

Rüyamda Sait Faik'i gördüm. Kocaman yelkenleri olan, bilge, deniz aşığı bir tekneydi o. Kurbağalıdere'de onunla yan yana bağlanırdık. Sait Faik açık denizde geçen günlerini anlatır, beni özendirirdi. Öyle güzel anıları, öyküleri vardı ki dinlemeye doyamazdım. Sait Faik denizi, deniz canlılarını, balıkçıları, martıları, denizi seven çocukları anlatır dururdu.

Bir gece kıyıya vuran dalgaların sesini anlatmaya başlamıştı, çok güzel bir şarkı söylüyor gibiydi. Uyuyup kalmıştım. Bütün gece denizin ve Sait Faik'in sesi kulaklarımdan gitmemişti. Sanki denizin diliyle konuşurdu. Ben de bazı geceler içimdeki açık deniz tutkusunu onunla paylaşırdım. Dert yanardım. Denize açılmak, engin mavilikte yüzmek istediğimi anlatır dururdum. Sait Faik anlayışlı, iyi kalpli ve nazik bir tekneydi. Beni anlardı, özgürlük sevdama hayranlık duyduğunu söylerdi.

Birdenbire sıçrayarak rüyamdan uyandım. Yanı başımda birisi söylenip duruyordu:

"Acele etmeliyim. Arkadaşlarım bin yunus boyu yol almış olmalılar. Onlara yetişmek için binlerce kez suya dalıp çıkmalıyım. Milyonlarca kez kuyruğuma güç verip, denizi yararak hızla yüzmeliyim. Acele etmeliyim, acele etmeliyim. Çok hızlı gitmeliyim."

Yanı başımda beliren, beni uykudan uyandıran bir balıktı bu. Hem de kocaman, hayatımda gördüğüm en kocaman balık.

Eskiden balık avlamaya çıktığımızda gördüğüm balıkların yanında bu dev gibiydi. Sahibimin tuttuğu balıkları biliyorum. Bir, bilemediniz iki karıştı. Bu balıksa en az yüz karış olmalıydı. Hemen seslendim:

"Hey! Balık, ne bu acelen?"

Sesimi duyunca olduğu yerde kaldı. Sesin nereden geldiğini bulmak için çevresine şöyle bir baktı, beni görünce denizi yarar gibi sıçradı, ben de korktum. Balık havaya doğru yükseldi, bir iki parende attı ve cumburlop tekrar suya daldı. Dalarken etrafa bir sürü su sıçrattı. Neredeyse her yanım ıslandı.

Koca balık bir anda suya daldı, gözden kaybolup gitti.

Ama denizi yarıp havaya yükselişini, ustalıkla parende atışını hayranlıkla izledim. Hele suya bir dalışı vardı muhteşemdi, görmeliydiniz. Bence bu balık denizlerin en usta yüzücüsüydü.

"Hay aksi, keşke kalsaydı" dedim. Dememe kalmadı balık tekrar suyun yüzüne çıktı ve hoş bir sesle "Sen de kimsin?" diye sordu. Konuşmasının sonunda sanki kahkaha atarmış gibi bir ses de çıkarıyordu. Sesi beni büyülemişti.

"Benim adım Engin Mavi. Nasılsın?"

"İyiyim. Benim adım da Bata Çıka. Peki sen buralarda ne arıyorsun. Hangi rüzgâr attı seni buralara?"

Ne kadar doğru bir soru sormuştu. Gerçekten beni buralara rüzgâr sürüklemişti, değil mi?

Bu balık bilgili bir balığa benziyordu. Kendime uygun bir arkadaş bulmuştum. Üstelik akıllı bir arkadaş... Beni dinleyip, anlayacak birisi... Birilerine uzun uzadıya hikâyemi anlatmak, akıl danışmak istiyordum.

"Ben Kurbağalıdere'de yaşıyordum..."

Hikâyemi anlatmaya başlamıştım ki, daha ilk cümlemle beraber. "Ooooo! Dur dur. O kadar vaktim yok benim. Uzun uzadıya seni dinleyemem. Arkadaşlarım yunuslara yetişmem gerekiyor. Kısaca anlat istersen?" diyerek lafi ağzıma tıktı.

Bata Çıka böyle söyleyince kırıldım. İsteksizce, üzüntülü bir sesle "Kısaca anlatamam, dinlemek istemiyorsan seni tutan yok. Git istersen" dedim.

"Ne kadar alıngan bir kayıksın sen. Acelem var diyorum anlamıyor musun?"

"Anlıyorum. O nedenle de seni yolundan etmek istemiyorum, gidebilirsin."

Bata Çıka bana sevimli sevimli baktı, ardından denize dalıp bir hoşça kal demeden çekti gitti. Aslında kendisini sevmiştim. Sesi çok güzeldi, bakışları da sevecendi, iyi bir arkadaş olabilirdi. Ama onu yanımda zorla tutamazdım ya!

"Amaaan! Ne yapayım giderse gitsin. Nasılsa koskocaman denizde başka birilerini bulurum" dedim ve bulutları seyre koyuldum.

Biraz sonra yanımda başka bir balık daha belirdi. Neredeyse Bata Çıka kadar büyük bir balıktı.

"Hey! Ne bakıyorsun, tanımadın mı? Ben Bata Çıka. Az önceki yunus balığı. Yanından ayrıldığımda çok hüzünlü bakıyordun. Geri dönüp seni avutmak istedim. Ama anlaşılan sen bundan hoşlanmadın" demez mi?

Hemen atıldım, "Hayır! Beni yanlış anladın. Nasıl sevindim bilemezsin. Konuşabileceğim, senin gibi anlayışlı, yalnızlığımı giderecek bir arkadaş arıyordum. Geri dönmene sevindim. Sakın gitme! Ama arkadaşların ne olacak? Onlara yetişmek istiyordun."

"Bir yere gittiğim yok. Arkadaşlarıma yetişmem artık çok zor. Yeni bir yunus sürüsünün geçmesini beklemeye karar verdim. Onlar gelene kadar, seninle arkadaşlık edebilirim. Evet! Seni dinliyorum. Anlat bakalım hikâyeni. Ne diyordun, Kurbağalıdere diye bir yerden gelmiştin galiba, değil mi?"

Bata Çıka hem akıllı, hem belleği güçlü bir balıktı. Onun geri dönmesine sevinmiştim. En önemlisi açık deniz serüvenimin nasıl başladığını kimseye anlatmazsam tam orta yerimden çatlayacaktım. Anlatmaya başladım, tek bir anı bile atlamadan...

O kadar iyi bir balık ki, sözümü kesmeden dinledi. Sadece arada sırada "Aaaa! O sıkıcı dereden kurtulman iyi olmuş. Çok güzel bir karar vermişsiniz", "Aferin Barbarossa'ya!", "Arkadaşların Laci ve Ay Işığı'nı yüzdüğüm yerlerde görmedim ama eminim iyidirler, üzülme!" diyerek beni rahatlatmaya çalıştı.

İlk karşılaştığımızda yaptığım şımarıklıktan utanmıştım. Kendi derdime düşmüş, onu neredeyse hiç dinlememiştim bile. Şimdi bu hatamı gidermenin, Bata Çıka'nın kalbini kazanmanın yollarını aramalıydım. Sesimi iyice alçaltarak, samimiyetle şunları söyledim:

"İşte sevgili Bata Çıka benim maceram şimdilik bu kadar. Ama ne kabayım, değil mi? Nefes bile almadan kendimi anlatıp durdum. Fakat itiraf etmeliyim, içim açıldı, rahatladım. Hele senin tepkin beni çok mutlu etti. Verdiğim kararın ne kadar doğru olduğunu anladım. Sağ ol. Evet! Şimdi sıra sende. Anlat bakalım, nerede yaşıyorsun, evin nerede. Böyle aceleyle nereye gidiyorsun, arkadaşların kimler. En önemlisi neden onlardan ayrı düşüp yalnız kaldın?"

Bata Çıka çevremde hızla bir tur atıp durdu. Hayatımda ilk kez gördüğüm bir şey yaptı. Denizin üstünde sırtüstü yüzmeye başladı ve güzelim sesiyle şarkılar söyleyerek suyun üzerinde kayıp durdu. Bir balığın sırtüstü yüzebileceğini bilmiyordum. Şaşırdım. Kuyruğuyla bana su sıçrattı.

"Ne kadar meraklı bir kayıksın sen" diyerek güldü. "İşini bilmeyen, açgözlü balıkçıların attığı bir ağa takıldım. Aslında balıkçıların avlanma zamanlarında ağlarla her zaman karşılaşırım. O zamanlarda tüm diğer balıklar gibi ben de dikkatli olurum. Av yasağının olduğu bir zamanda, sürüyle birlikte yola çıkmıştık. Yani denizde balıkçıların, avcıların ve ağların olmayacağı bir zamandı. Çünkü avlanma yasağı vardı... Biz öyle sanıyorduk."

Bunu anlamamıştım, hemen sordum "Avlanma yasağı mı? Öyle bir yasak mı var?"

"Evet! Hele av yasağı olduğu zaman öyle büyük ağlar atarak balık avlamak kesinlikle yasaktır."

"Ben bu yasağı bilmiyordum. Sahibimle ne zaman istesek denize çıkar balık avlardık."

Bata Çıka öyle bir kahkaha attı ki, şaşırdım açıkçası. "Öyle mi? Aferin size öyleyse! Ben elindeki oltayla balığa çıkan insanlardan söz etmiyorum. Kocaman teknelerle, gemilerle, akıl almaz büyüklükteki ağlarla balık avlayanlardan söz ediyorum."

Bunları duyunca rahatlamıştım. "Peki peki! Seni dinliyorum. Bu avlanma yasağı nereden çıktı. Bu yasağı kim koydu."

"İnsanlar o kadar çok, o kadar çok balık avlıyorlardı ki, böyle avlanmaya devam ederlerse denizlerdeki balık neslinin tükeneceğini anladılar. Bunu önlemek için insanlar kendileri böyle bir yasak getirdiler. Ama kendi koydukları yasaklara kendileri de uymuyorlar."

"Bata Çıka, ben kendi adıma senden ve bütün balıklardan özür dilerim."

"Engin Maviii! Ne kadar alıngansın sen öyle... Ben sana kızgın değilim ki. Neyse, ağlara takıldığım o korkunç geceye dönelim. Arkadaşlarımla birlikte denize açıldık ve hızla Karadeniz'i geçmeye başladık. Gökyüzünde ne ay vardı ne de yıldızlar. Kapkaranlık bir gecede yol alıyorduk. Bir ara biz, genç yunuslar oyuna daldık, sürüden uzaklaştık. Ben daha da uzaklaştım."

Oyun mu oynuyormuş? Bir balığın oyun oynayacağı aklıma gelmezdi. "Ne oynuyordunuz?" diye sordum merakla.

"Çok sevdiğim *'denizde kayboldum, ama kendimi yine denizde buldum'* oyununu oynuyordum. Oyuna kendimi kaptırıp herkesten ayrıldım. Bir süre sonra küçük bir balık sürüsünün önümden hızla geçtiğini gördüm. Peşlerine takıldım. Gittikleri yerde gündüz denize bırakılmış bir ağ olduğunu nereden bilecektim. Onlarla beraber ağa takıldım."

Bata Çıka başına gelenleri anlattıkça ben kendimi daha kötü hissetmeye başladım. İnsanların yaptığı hataların tüm yükünü omuzlarımda hissetmeye başlamıştım. Onu susturup, 'Yeter, daha fazla dinlemek istemiyorum!' demek geldi içimden. Ama hikâyenin sonunu da merak ediyordum. Dinlemeye devam ettim.

"Ağı fark ettiğimde artık çok geçti. Ağa takılıp içinde debelenip durmaya başladım. Küçük balıklar paniklemiş, korkmuşlardı. Sağımdan solumdan çaresizce geçip duruyorlardı. Hallerini bir görmeliydin. Küçük balıklar için de çok üzülmüştüm. Onları da kurtarmam gerekir diye düşündüm. Durdum, aklımı başıma alıp 'Bata Çıka kendine gel, yoksa bu ağdan kurtulamazsın' dedim. Deneyimlerim ağın bir yerinde mutlaka bir gedik, bir delik olacağını söylüyordu. O deliği bulmalıydım. İnanır mısın o karanlıkta bu neredeyse imkânsız gibi bir şeydi."

Bata Çıka başına gelenleri anlatırken sanki o geceyi tekrar yaşıyor gibiydi. Sesi titriyor, gözleri büyüyüp küçülüyor, yüzgeçleri tir tir titriyordu.

"Sakinleşmeye, soğukkanlı olmaya çabalıyordum. Annemin adımla dalga geçmek için uydurduğu tekerlemeyi söyleyip duruyordum. Aklıma nereden gelmişse o tekerleme gelmişti: 'Senin adın Bata Çıka, yüzmesene pata pata'. Tekerlemeyi söylerken bir yandan da bizi çevreleyen ağın deliğini bulmaya çalışıyordum."

Nefes nefese devam etti. "Sonunda buldum. Bulduğum gibi hızla deliğe saldırdım. Ağdaki delik çok küçüktü, biraz daha büyütürsem panik içindeki diğer balıklar da deliğin genişlediğini fark eder, ağdan kurtulma şansını yakalardı. Burnumla deliği iyice esnettim, genişletmeye çalıştım. Diğer balıklara seslenerek 'Beni takip edin!'

diye bağırdım, deliği büyütünce hızla dışarı çıktım. Tabii bu, saatler aldı. Kurtulduğumda arkadaşlarımın çoktaan uzaklara gittiğini anladım."

Kafam allak bullak olmuştu. Bata Çıka'nın anlattıkları o kadar korkunçtu ki, dilim tutulmuştu. Onun başına gelenler özgürlüğün ne kadar değerli olduğunu bir kez daha hatırlatmıştı bana.

"Sana bir şey soracağım. Ağa takıldığını, süründen ayrılıp kaybolduğunu kimse fark etmedi mi?"

"Ahhh Engin Mavi! Koca bir balık sürüsü içinde bir balığım ben. Kışı geçireceğimiz yere gidinceye kadar kimse birbirini fark etmez. Oraya vardıklarında benim yokluğumu anlayacaklardır, ama iş işten geçmiş olacak. Neyse her şey bitmiş değil. Yeni bir sürünün gelmesini bekleyeceğim. Tek başıma bu koca denizi aşamam. Sürü geldiğinde onlara katılıp giderim."

Bata Çıka giderim mi dedi? Yanlış anlamış olamam, giderim dedi. Peki ben ne yapacağım. Yine yalnız mı kalacağım. Bu haksızlık.

"Ben de seninle geleceğim" dedim Bata Çıka'ya. Yine aynı şeyi yaptı. Sırtüstü yüzmeye başladı ve sevimli sesiyle o gülme seslerini çıkarttı.

"Benimle gelemezsin, sen kendi yoluna gitmelisin. Engin Mavi seni çok sevdim. Ama şunu bilmen gerekiyor. Sen kendi kaderini kendin belirlemelisin. Kendi yolunu çizmeli, denizdeki hayatını kendin yaşamalısın. Kocaman bir yunus sürüsünün içinde ne yapacaksın."

Bata Çıka haklıydı. Bir yunus sürüsünün içinde ne işim olabilirdi ki? Bu maceraya atılırken kimseye soru sormadığım gibi kendi sorumluluğumu kendim almalıydım. Kimseye yük olmamalıydım.

"Bata Çıka sana bir şey sorabilir miyim?" dedim. "Sence ben denizde nasıl bir rota izlemeliyim, nereye doğru yol almalıyım?"

"Engin Mavi nereye gideceğimi biliyor musun yoksa, bilmiyorum deme sakın!"

Ne diyeceğim peki. Bilmiyorum işte. Ben bütün iyi niyetimle ona bir soru sordum. Bata Çıka'nın yaptığına bak. Bana yol göstereceğine, akıl vereceğine, kalkmış beni azarlıyor.

"Bak sana ne diyeceğim. Ben yola devam etmek için yeni bir sürünün gelmesini bekliyorum ya! Ama önce Haritacı Martı'nın gelip beni bulması gerek. Yeni bir sürünün ne zaman geleceğini, hangi yolu izleyeceğini bir tek o bilir. Neyse, şimdi birlikte denizin tadını çıkaralım. Haritacı Martı gelince sana da yardımcı olur belki. Sana denizde izleyeceğin rotayı o söyler" diyerek beni daha da şaşırttı.

"Haritacı Martı'da kim?" diye sordum.

Bugüne değin açık denize hiç çıkmamıştım, bilmemem doğaldı, ama arkadaşlarımdan da böyle birinin varlığını hiç duymamıştım. Bata Çıka'nın yüzünde 'Of çattık! Bu kayık da hiçbir şey bilmiyor' diyen bir ifade belirdi.

"Deniz kıyılarının, koyların, denize dökülen dere yataklarının, gemilere ve balık sürülerine yol gösteren deniz fenerlerinin, adaların, limanların, balıkçı barınaklarının, denizde değişen, farklılaşan her şeyin haritasını kim çıkartıyor dersin?"

Bata Çıka'nın soruma soruyla karşılık vermesi hiç hoşuma gitmemişti. Bilmiyordum işte. Niye yüzüme vuruyordu ki? "Bilmiyorum, ama öğrenmek istiyorum. Onun için de soruyorum, Haritacı Martı da kim?" diye çıkıştım.

"İşte saydığım tüm bu işleri yapan, denizlerin, kıyıların haritasını çıkartıp balıklara, kuşlara, bütün deniz canlılarına veren kuş. Haritacı Martı denizin en önemli, en çalışkan işçisidir. Onun yaptığı haritalar olmadan bizler hiç bir şey yapamayız. Anladın mı?"

Haritacı Martı'nın ne yaptığını tam olarak anlamamıştım. Önemli biri olduğunu ise kesinlikle anlamıştım. Yapacak bir şey yoktu. Bata Çıka'yla Haritacı Martı'yı beklemeye başladık.

O anda karmaşık duygular içindeydim. Yepyeni şeyler öğrendiğim için çok mutluydum, ama Haritacı Martı geldiğinde Bata Çıka ile yollarımız ayrılacaktı. O nedenle çok mutsuzdum.

Kurbağalıdere'de pineklerken ne kadar renksiz, sıradan bir yaşantım varmış. Beni ve arkadaşlarımı oradan kurtardığı için bir kez daha Barbarossa'ya teşekkür ettim. O gece bir büyü yapmış, kıyıya bağlı iplerimizi çözmüş ve bize özgürlüğümüzü armağan etmişti. Şu kısacık

açık deniz maceramda neler neler öğrenmiştim.

"Dilerim Haritacı Martı gecikir!"

Bu cümle ağzımdan çıktığı anda utancımdan denizin dibini boylamak istedim. Ne kadar bencilce, ne kadar arsızca bir istekte bulunmuştum.

"Özür dilerim, ben şey... yani... nasıl desem..." diyerek gevelemeye başladım. Bata Çıka bir karış suratla, tek bir kelime etmeden baktı. "Hıııh!" deyip, yüzmeye devam etti. Onun böyle davranması bana verilebilecek en iyi cezaydı. Hak etmiştim açıkçası... Ben de mızmızlanmayı kestim ve onun suskunluğuna eşlik ettim. Tekrar ağzımı açıp saçmalayarak her şeyi berbat etmek istemedim.

Sessizlikten sıkılmıştım. Ama yaptığım gaftan sonra Bata Çıka'yla konuşmaya çekiniyordum. Ne kadar süre geçti bilmiyorum. Biz denizin ortasında sus pus dururken, gökyüzünde bir ses ortalığı çınlatıyordu.

"Gaaak. Gaaaaaaaakkk! Bata Çıka yukarı baaaak!"

Bu Haritacı Martı olmalıydı. Çünkü Bata Çıka o güzelim sesiyle ıslık çalıp duruyor sevincinden sıçrayıp duruyordu.

"Gaaak! O yanındaki kayık dost mu, üstüne tünesem olur mu?"

Bata çıka sevinçten yerinde duramıyordu. Üzerimizde dönüp duran kuşa yanıt bile vermiyordu.

"Bıraksana sıçrayıp zıplamayı. İstiyorum bir yere konmayı."

Böyle konuşan bir kuşu hiç görmemiş, duymamıştım. Hoşuma gitmişti. Gagasını her açtığında sanki bir şiir okuyor gibiydi.

"Yoruldum anlasana, beni havada oyalamasana."

Bata Çıka "Haritacı Martı, hoş geldin. Kusura bakma. Sevincimden ne yapacağımı bilemez hale geldim. Bu Engin Mavi, benim arkadaşım. Çok iyi bir kayıktır. Onun üstüne konabilirsin" diye seslendi.

Bata Çıka'nın benden böyle söz etmesi beni duygulandırmıştı. Galiba kızgınlığı da geçmişti.

"Gaaak, inişe geçiyorum, bekleyin geliyorum" diyen Haritacı Martı hızla üzerime doğru gelmeye başladı. Ben içimden 'Eğer bu hızla gelirse bana çarpacak' diye geçiriyordum. Fakat üstüme doğru hızla uçarken yavaşladı, ve baş tarafima öyle yumuşak biçimde kondu ki, şaşırdım.

Kocaman, bembeyaz bir kuştu. Tüyleri tertemiz, kuyruğu upuzundu. Sapsarı iri gagasının üstünde bir yerde yarası vardı. Başka bir kuşla dalaşmış ve yara almış olmalıydı. En ilginç yeri ise gözleriydi. Daha doğrusu bakışlarıydı. Üstüme konduğunda, kafasını şöyle bir çevirip denize öyle bir bakış attı ki, sanki kilometrelerce uzağa bakıyor, çok uzakları bile görüyor gibiydi. Dönüp bana baktığında gövdemi delip geçen bakışları deniz dibini tarıyor sandım.

Duruşu, boynunun ve gagasının heybeti, bakışları güven uyandırıyordu. Ona hemen ısınmıştım.

Haritacı Martı "Denizin ortasında iki alık, biri kayık biri balık" diye söze girdi.

Fakat sesinde azarlar bir ton yoktu. Tam tersine sevecenlikle söylenmiş sözlerdi. Bata Çıka'ya dönüp "Senin oyuna dalıp sürüden ayrıldığını biliyorum. Çünkü bunu hep yapıyorsun. Peki bu minik sevimli kayık, denizin orta yerinde ne arıyor?" diye sordu.

"Offf, Haritacı Martı uzun hikâye. Şimdi sen onu bunu boş ver. Buralardan geçecek yeni bir sürü var mı? Ondan haber ver. Biz başımıza geleni sonra anlatırız zaten. Şimdi vereceğin habere ihtiyacım var. Engin Mavi'ye de uygun bir yer bulup, izleyeceği rotayı vermelisin."

Haritacı Martı gagasını açıp açıp kapadı. Gagasından çıkan sesten ürktüğümü söylemeliyim. Gagasından tak, tak, tak diye güçlü ve yüksek bir ses çıkıyordu. Kızmıştı galiba. Küpeştemde ileri geri yürüdü. Baş tarafima geçti, orada bir süre sessizce durdu. Ardından sert bir sesle

"Bana baksana sen. Ben senin emir erin miyim? Bu kaçıncı kayboluşun, onu bile unuttum. Annen bana haber uçurup, senin sürüden ayrıldığını haber vermeseydi buraya hiç gelmezdim. Ben buraya gelmeseydim, senin başına gelecekleri düşünmek bile istemiyorum. O nedenle bana iyi davran ve sesini kesip beni dinle."

Haritacı Martı'nın söylediklerinden sonra gidecek yerim olsa, gideceğim yerin yönünü, yolunu biliyor olsam bir saniye bile orada durmazdım. Hemen yüzer giderdim. Ama Bata Çıka'nın aldırdığı yoktu. O hâlâ sırtüstü yüzüp eğlenmeye devam ediyordu. Bu bana oldukça garip geldi.

Karışmadan orada öylece durmaya, sesimi çıkarmamaya karar verdim.

Bata Çıka hiçbir şey olmamış gibi, ukalaca "Haritacı Martı sinirlenmiş ha!" diye yanıt vermesin mi?

İşte şimdi ortalık karışacaktı. Kuş uçarak Bata Çıka'nın yanına gidecek ve onu gagalayarak dövecekti... Galiba... Tam bir şeyler söyleyip ortamı yumuşatmak için ağzımı açıyordum ki...

İkisi birden kahkahalarla gülmeye başlayınca şaşkınlığım iyice arttı. "Ne yani, bütün bunlar bir şaka mıydı?" diyebildim.

Bir ağızdan "Ne sandın? Bizim kavga edip birbirimize gireceğimizi mi düşündün?" demezler mi!

"Ne bileyim, Bata Çıka'nın seni kızdırdığını düşündüm. Yani senin yerinde olsam kızardım herhalde. Sen kızmaz mısın hiç?" dedim.

Bana yanıt bile vermedi. Sanki tüm bunlar olmamış gibi gülmeyi sürdürmeleri de hoşuma gitmişti. Ortamdaki gerginliğin geçmesi beni de rahatlatmış olmalı, gülümsedim.

"Eveeeet! Gelelim asıl konuya. Bata Çıka, kulaklarını iyice aç ve beni dinle. Birazdan yeni bir sürü buradan geçecek. Seni de aralarına almayı kabul ettiler. Ama senden birkaç istekleri var. Kesinlikle sürüden ayrılmayacaksın. Diğer yunusları oyunlarınla ayartmayacaksın. Başka balıklara, geçip giden gemilere takılıp şakalaşmayacaksın. Ha, bir de şunu istediler. Sürü yol alırken güzel sesinle onlara şarkılar söyleyeceksin" dedi.

Bata Çıka sanki başka şeyler duymak istiyormuş, ama duymak istedikleri söylenmemiş gibi öylece kaldı. Sonra bir parende atarak suyu yardı, gökyüzüne yükselip bir ıslık çaldı. Ardından kendini denize bir bırakışı vardı. Görkemli bir sahneydi. Benim yanımda denize daldığında yarattığı dalga beni metrelerce uzağa itti. Üstümde tüneyen Haritacı Martı, ben hareketlenince dengesini kaybedip üstümden uçup gitmek zorunda kaldı.

Bata Çıka suyun yüzünde göründüğünde Haritacı Martı'da tekrar üstüme konmak için pike yapmıştı. "Ah ah! Bu çocuk hep böyledir. Sevinci de gürültülüdür, üzüntüsü de" derken üzerime konmuştu bile.

Aralarındaki iletişim sevgi doluydu. Birbirlerini çok iyi anlayan, seven, iyi geçinen iki arkadaştılar. İmrenmiştim açıkçası. Kurbağalıdere'deki arkadaşlarımı hatırlayıp iç geçirdim. Sait Faik ile benim aramda çok iyiydi. Şimdi burada olsa, ne iyi olurdu.

"Sana gelince sevimli kayık, Engin Mavi. Söyle bakalım benden ne öğrenmek istiyorsun?"

"Bilmem. Bata Çıka dedi ki..."

"Bırak sen onu, sen ne istediğini söyle bana. Sana nasıl yardımcı olabilirim? Bata Çıka'ya kalsa seni de sürüyle birlikte okyanusa taşıyacak. Ama sen buralarda yakın bir kıyıya gitmeli ve hayatını bu güvenli denizde sürdürmelisin. Açık denizler, okyanuslar senin için uygun değil. Keşke olsa, oraları görsen. Ama olmaz. Çünkü sen minik bir kayıksın."

Bunu duyunca tepemin tası attı. Sahibimin o sevimsiz arkadaşı da bana minik demiş, sinirlendirmişti. Sesim titreyerek "Minik mi?" diyebildim.

"Evet, minik. Ne oldu, alındın mı? Miniksin işte. Sana yalan söyleyip büyüksün mü demeliyim. Miniksen miniksindir."

Sesinin birdenbire neden değiştiğini anlamadım. Konuşmaya ne güzel başlamıştı oysa. Az önce bata Çıka'ya yaptığını bana da mı yapıyor, beni sinirlendirip, kavgaya davetiye mi çıkartıyor acaba, diye düşündüm. Yüzüne ters ters baktım. Oralı olmadığını görünce "Bana minik diyemezsin" diyerek terslendim.

"Pekâlâ sana minik değil, minicik mini minnacık desem ne olur?"

İşte bunu söyler söylemez, gerçekten beni kızdırmaya çalıştığını anladım. Ama onu alt etmem için Bata

Çıka'nın yaptığı gibi şakacı bir yanıt bulmam gerektiğini kavradım... Aklıma gelen ilk şeyi söyledim:

"Sen uzağı çok iyi görüyorsun galiba. Ama yakın gözlüğüne ihtiyacın var. Üstümde tüneyen sen, benden daha miniksin" dediğimde hepimiz gülmeye başladık.

Haritacı Martı fısıltıyla "Hah! İşte şöyle. Senin zeki bir kayık olduğunu anlamıştım zaten" dedi.

"Haritalara az sonra bakarız. Gideceğin en yakın kıyıyı buluruz. Ama öncesinde bizim oyuncu yunusun katılacağı sürüyü bekleyelim derim. Ne dersin?"

Ne diyebilirdim ki, üzüldüğümü söyledim. Keşke hiç ayrılmasak ve denizde hep bir arada olsak diyebildim.

Bata Çıka'ya dönerek "Sana ne kadar teşekkür etsem azdır. Şimdi ayrılacağız ama dilerim günün birinde yollarımız yine kesişir, görüşürüz. Seni sevdiğimi ve özleyeceğimi bilmeni isterim."

Alaycı bir sesle söze giren martı, "Ben bu kadar duygusal sahnelerde hemen ağlarım. Eğer devam edecekseniz söyleyin. Bir süreliğine sizi bırakıp gökyüzünde süzüleyim" deyince ben de konuşmamı uzatmadım.

Aslında bunlar gerçek duygularımdı. Aniden karşıma çıkan sevimli Bata Çıka, bana çok iyi bir yol arkadaşı olmuştu. Sıkıntılarımı paylaşmış, beni rahatlatmıştı. Ama anladığım kadarıyla onlar hiçbir şeyi abartmayı sevmiyorlardı. Bu konuşmalar insanlar arasında olsa, karşılıklı övgü ve güzel sözler saatlerce uzar giderdi, diye düşündüm.

Ben de onlara ayak uydurmaya, onların davrandığı gibi davranmaya karar verdim. Kısa kestim.

"Peki, ikinize de teşekkür ederim" diyerek sustum.

Haritacı martı hızla kanatlarını açtı, havalanıp üstümden uçtu gitti. Ne olduğunu anlamama kalmadan, uzaklardan gelen, ama tanımadığım seslerden oluşan bir uğultu duydum. Tiz bir ıslık bütün gökyüzünü kapladı. Öyle güçlü bir sesti ki kulaklarım çınlamaya başladı. Islığı duyan Bata Çıka bir an durakladı. Sonra ıslığın geldiği yöne doğru yüzerek o da güçlü bir ıslık çaldı. O anda sürünün yaklaşmakta olduğunu, sevimli arkadaşımla sürüdeki balıkların konuştuğunu anladım. Belli ki aralarında bir şeyler konuşuyorlardı. O anda tek bir şey isterdim: Yunusların konuştuğu dili bilmek...

Bata Çıka benden hayli uzaklaştı. Neredeyse onu göremiyordum. Bana bir hoşça kal demeden gitmiş olamazdı ya!

Az sonra gövdeme bir şey değdi. Beni dürtüp duruyordu, o yöne baktığımda gördüm, bu Bata Çıka'ydı. İri burnuyla beni itiyor, sanki oynamak istiyordu.

Yüzü asık, bakışları hüzünlüydü. "Engin Mavi ben sürüyle birlikte gidiyorum. Dilerim seveceğin bir kıyı, mutlu olacağın bir barınak, anlaşacağın insanlar bulursun kendine. Beni de unutma emi!" diyerek yanımdan uzaklaştı. Kısa süre sonra geri döndü. Sırtüstü yüzerek çevremde dolaştı durdu. Bu arada güzelim sesiyle bana bir şarkı bile söyledi. Bir an durdu, bana göz kırptı, hızla sürünün yanına doğru yüzdü.

Gözlerim dolmuştu. Bir ses, bir dokunuşla hüngür hüngür ağlayabilirdim. Hatta ağlamak istiyordum...

"Heeey Engin Mavi!" diye seslenen Haritacı Martı' nın sesiyle kendime geldim. Ayrılığın üzüntüsüyle ben onu unutmuştum bile.

"Gak, gaaak, gak... Ne vefasız birisin, beni unutmuş gibisin" diye bağırıyordu. Bata Çıka'dan ayrılmak beni nasıl üzdüyse, Haritacı Martı'nın tekrar yanıma gelmesi o kadar sevindirmişti. Ne şakacı, ne yaramaz bir kuştu bu.

"Seni hiç unutur muyum? Üzüntümden ne yaptığımı biliyor muyum?" dedim.

Onun yaptığı gibi bir şiirle ona yanıt vermek istemiştim. Bu nasıl hoşuna gitmişti, anlatamam. Sakince gelip baş tarafıma konduğunda hâlâ gülüyordu.

Size itiraf etmeliyim, Bata Çıka'nın gitmesi beni derinden etkilemişti. Gerçekten de onu çok sevmiştim. Ama daha da önemlisi açık denizin ortasında yeniden yalnız kalacağım için üzülmüş, korkmuştum. Haritacı Martı imdadıma yetişmişti. Onun geri dönmesi güvenimi yerine getirmişti. Biliyorum benim bencil ve kendini düşünen bir kayık olduğumu düşüneceksiniz. Ama içinde bulunduğum durumu da anlamalısınız. Bile isteye bu maceraya atılmıştım, ama şimdi birilerinin yardımına ihtiyacım vardı. Bu zaman zaman sizin de başınıza gelmez mi?

Haritacı Martı "Evet, şimdi seninle baş başa kaldık. Bana nereye gitmek istediğini söyle. Haritamızdan orayı bulalım ve senin için uygun olup olmadığına bakalım" diye sordu.

"Gitmek isteyeceğim bir yer yok ki! Çünkü gitmek isteyeceğim yerleri bilmiyorum. Özgürlüğüme kavuşmak, o küçücük dere yatağından kurtulmak, engin maviliklerin koynunda salınmak istemiştim, o kadar. Yoksa gideceğim bir adresim yoktu. Ben açık denizdeki hiçbir yeri tanımıyorum ki. Bata Çıka demişti ki…"

"Öfff, tamam anladık. Bata Çıka sana ne dediyse dedi. Şimdi o yok. Biz ne yapacağımıza bakalım. Sen nereden gelmiştin. Hah, hatırladım. Kurbağalıdere'den değil mi? Oooo, ne kadar çok uzaklaşmışsın oradan. Şimdi oradan kilometrelerce uzaktayız.

Neredeyse Marmara Denizi'nin ağzındayız. Kendini rüzgârın ve dalgaların seyrine bırakırsan Ege Denizi'ne çıkacaksın. Tabii Çanakkale Boğazı'nı sağ salim geçebilirsen. Oradan ver elini Akdeniz. Bu mini minnacık halinle oralara varmayı başarsan bile, o kocaman denizde başına neler gelir düşünmek bile istemiyorum."

Kafam allak bullak olmuştu. Haritacı Martı'yı dinlemeye çalışıyor, ama dediklerinden hiçbir şey anlamıyordum. Marmara dışında saydığı yerlerin nereleri olduğunu hiç bilmiyordum. Marmara'yı da sahibimden bir iki kez duymuşluğum vardı. Bazı günler küreklere asılır "Bekle bizi Marmara, sana geliyoruz!" diye bağırırdı.

"Marmara'yı biliyorum. Ege, Şanakkere, Akdeniz'i ise duymadım."

“Zaten Şanakkere değil, Çanakkale canım. Ama şimdi bunları bir kenara bırak. Bu yakınlarda senin sığınabileceğin yerler var mı ona bakalım” diyerek kafasını sırtındaki torbanın içine soktu.

Açık denize çıktığımdan beri öğrendiklerimden başım dönmüştü. İşte şimdi bu akıllı kuştan da yepyeni şeyler öğreniyordum.

Kafası torbanın içinde görünmez olmasına rağmen boğuk bir sesle konuşup duruyordu. Arada “Hayır bu değil...Bu da değil... Bu mu?.. Galiba bu!” diye kendi kendine konuşuyordu. Sonunda “Hah! İşte buldum” diyerek kafasını torbadan çıkarttı. Gagasında bir tomar kâğıt tutuyordu. Bu kâğıtlarda neyin nesiydi.

“Bunlar ne biliyor musun Engin Mavi, ha?” diye sordu. “Bunlar harita. Okyanusların, denizlerin, kıyıların, adaların... Yani denize ait ne varsa her şeyin haritası bunlar.”

Açıkçası haritacı Martı’yı can kulağıyla dinliyordum. Lafı nereye getireceğini anlamamıştım. Safça ona bakıyordum.

“Ha, eklemeliyim, benim işim sadece denizlerdeki değişimleri gözlemleyip bilgiler toplamak, notlar almak. Karalardaki değişimleri gözleyip, haritalarını güvercinler yapıyor nedense. Aslında biz daha iyiyiz bu konuda ama... Neyse, sonra bu notları Martılar Kongresinde diğer martılarla paylaşıp Harita Çizme Komitesine vermek...”

Haritacı Martı’nın sözünü kesip “İnan kafamın içi kazan gibi oldu” dememe kalmadı bağıra çağıra söylenmeye başladı.

"Aaaa! Delinin zoruna bak, ben sana yaptığım işin ne olduğunu anlatıyorum. Üstelik ne kadar önemli bir iş yaptığımı söylüyorum. Sen kalkmış beni küçümsüyorsun..."

"Hayıır!" diye bağırdım. "Lütfen... lütfen, biraz yavaş olur musun? Sen beni yanlış anladın. Seni dinlemek, senden bir sürü şey öğrenmek istiyorum. Ne olur bana yardımcı ol ve yavaşça anlat ne anlatacaksan" dedim.

"Tamam o zaman. Fakat saygılı olmayı öğrenmelisin. Bu yaptığını affedebilirim. Beni can kulağıyla dinle şimdi. Çünkü anlatacaklarım senin işine yarayacak, seni yeni yuvana sağ salim götürecek bilgiler."

"Dinliyorum" dedim kısık bir sesle.

"Benim adım ne? Haritacı Martı, değil mi?

Torbamda ne taşıyorum? Harita tabii...

Pekâlâ, bu haritaları ne yapıyorum? Denizde yollarını kolay bulmaları için deniz canlılarına, kuşlara, senin gibi denizde yolunu kaybedenlere veriyorum.

Bu işi kimden mi öğrendim? Dedemin dedesi, dedem, babam da haritacıydı. Bu mesleği bana onlar öğretti.

Haritalar olmasaydı ne olurdu? Düşünmek bile istemiyorum. Denizlerde karmaşa olurdu. Kimse yolunu bulamazdı.

Bize başka ne ad verilebilir? Bizler bir anlamda denizlerdeki trafik polisleriyiz."

Kendi sorduğu sorulara kendi yanıt vererek konuşmasını sürdürüyordu.

Ben az önceki hatamı tekrarlamamak, onu sinirlendirmemek için sessizce dinliyordum. İşin güzeli böyle soru-cevaplarla konuşurken anlatmak istediğini daha iyi anlatıyordu. Ben de daha iyi anlıyordum. Aklıma bir soru geldi. İçgüdüleri de çok güçlü olan zeki martı soru soracağımı anlamış gibi sustu, yüzüme baktı, gagasını sağa sola salladı "Ne var yine?" diye çıkıştı.

"Anlamadığım bir şey var. Sorabilir miyim?"

"Tabii soracaksın, sorup anlayacaksın."

Yine şiirsel bir dille konuştuğuna göre keyfi yerine gelmiş olmalıydı. Durumu berbat etmemek için fısıldayarak, dikkatlice sordum:

"Bu haritalar her zaman değişir mi?"

"Süppppper bir soru! Seni kutlarım. Evet bu haritalar sürekli değişir. Çünkü her şey değişir Engin Mavi... Heeeer şeeeey! Bunu anlamak için doğayı gözlemlemelisin. O zaman doğadaki değişimleri de görebilirsin. Bu haritalarda da değişimlerin izleri vardır. Deniz kıyılarını

doldurup kendilerine yeni toprak alanlar yaratan insanoğlunun yaptıkları da burada. Depremler, doğal afetler, toprak kaymaları ile deniz kıyılarında oluşan değişimler de..."

Aklına bir şey gelmiş gibi hemen harita tomarının içinden bir harita çekip çıkardı. "Bak, bu Marmara Denizi'nin değişimlerini gösteren bir harita. O büyük felaketten sonra..." Birden sustu. Gözlerindeki ifade çok kötü bir olayı hatırladığını ele veriyordu. Ama konuşmasına bir soruyla devam etti: "Şimdi sen o büyük felaketi de bilmiyorsundur değil mi?"

Buyurun kabak yine başıma patlamıştı. Niye soru sordum ki diye kendime kızdım.

"Hangi felaketi?"

"Marmara depreminden bahsediyorum. O arka arkaya gelen büyük yıkımdan. Belki sen o zaman yapılmamış bile olabilirsin..."

Konuşmasının bitmesine izin vermeden konuşmaya başladım:

"Orada dur bakalım. Biliyorum elbette. O geceyi nasıl unutabilirim. Sessizliğin hâkim olduğu çok sıcak bir geceydi. Hatta biz kayıklar kendi aramızda 'Kurbağalar bu gece neden sessizler acaba?' diye konuşup duruyorduk. Olacakları nereden bilebilirdik. Gecenin ilerleyen saatlerinde beni uykumdan sıçratarak uyandıran sesi... Yerin binlerce metre altından gelen uğultuyu, gücünden kulaklarımı çınlatan, gövdemi zangır zangır titreten o sesi hiç unutmadım. Sonrasında evlerinden korkuyla çıkıp kendilerini sokağa atan insanların canhıraş bağırtılarını da unutamam. Hâlâ bazı geceler rüyalarıma girer ve korkuyla uyanırım."

"Ah! Özür dilerim Engin Mavi, senin yaşının daha küçük olduğunu düşünmüştüm. Ama depremi bilmene, hatırlıyor olmana sevindim. Çünkü insanlar bile başlarına gelen bu kötü felaketi unutmaya başladılar."

Gagasıyla bir haritayı açtı. "İşte bak bu harita depremden önce çizilen bir harita. Görüyorsun değil mi? Bazı kıyılar ne kadar uzun, sahiller ne kadar geniş. Kıyılardaki evler ne kadar çok. İşte şimdi de deprem sonrasında çizdiğimiz haritaya bak. Birbirinden ne kadar farklı değil mi? Kıyıdaki evlerin çoğu o depremde yıkıldı, deniz suları altında kaldı... Binlerce insan da yok oldu. Şimdi anladın mı doğanın gücünü."

Haritacı Martı'dan öğrendiklerim beni şaşkına çevirmişti. "Ne kadar bilgisizmişim" diye hayıflandım. Yaşadığım dere yatağında tekdüze bir hayatım olduğunu düşünür, üzülürdüm. Ama asıl önemlisi beni kendime yabancılaştıran, nasıl söylemeli, doğama aykırı olan o dere yatağından sıkılır, oradan kurtulmak isterdim.

İyi ki istermişim. Baksanıza kendimi, denizi, dünyayı, doğayı keşfediyorum. Yepyeni şeyler öğreniyor, bilgileniyorum.

Hele Haritacı Martı benim için ne büyük bir nimet. Eğer Kurbağalıdere'de yaşamaya devam etseydim, ne Bata Çıka'yla ne de bu bilge martıyla karşılaşamayacaktım.

"İyi ve güzel olana ulaşmak için merak etmeli, istek duymalı, araştırmalı ve çaba harcamalısın" diyerek mırıldandım.

Haritacı Martı beni duymuştu. "Gaaak! Çok doğru söyledin Engin Mavi. Aferin sana, şimdi seni daha çok sevdim. Ama zaman hızla akıp gidiyor. Saatler sonra güneş gökyüzünü arkadaşı aya bırakacak. Her yeri karanlık basacak. Bulutlara bakarsan bu gece oldukça fırtınalı geçecek. Hatta deneyimlerim beni yanıltmıyorsa yağmur da yağacak. Sana bir an önce sığınacağın bir yer bulmalıyız. Değil mi?"

"Haklısın, haritan da öyle bir yer var mı? O yer beni koruyup saklar mı?"

"Gak, gak, gak! Sen bu şiirsel konuşma sanatını benden daha iyi yapmaya başladın. Bakalım senin yeni evin neredeymiş?" diyen martı kafasını yine torbasına daldırdı. Gagasında yepyeni bir haritayla kafasını torbadan çıkardı.

"Evet, bakalım bu harita bize neler söyleyecek? Aha! İşte tam şurada bir günlük rüzgâr zamanı sonra çok güzel bir kıyı var. Hatta hatırladığım kadarıyla o kıyının nefis koyları da vardı. İyi ama sana en uygun yer neresi. Orayı bulalım."

Gagasını harita üzerinde gezdirirken o kadar sevimli görünüyordu ki, ayrılmasak keşke, hep Haritacı

Martı'yla birlikte gezsek diyerek aptalca düşüncelere daldım. Olacak iş değildi. Bu kadar çalışkan ve meşgul bir kuş neden benimle birlikte dolaşsın ki. Üstelik benim açık denizlerde başıboş gezmemin iyi bir şey olmadığını da kendi söyledi. Seveceğim bir kıyı, mutlu olacağım bir barınak ve anlaşacağım insanlar bulmalıydım. O an aklıma geldi, bunları bana Bata Çıka söylemişti. Deniz konusunda bu kadar deneyimli iki canlı bana bunları söylediğine göre bir bildikleri var demektir. Onları dinlesem benim için iyi olurdu.

"Haritacı Martı sana bir sorum daha olacak. Kısa bir soru ama sorabilir miyim?"

Hâlâ gagasıyla haritanın orasını burasını tarayan martı beni duymamıştı sanki. Kanadıyla kafasını kaşıyıp "Yahu nerede bu yer. Çıldıracağım. Üstelik benim gezdiğim ve bilgilerini topladığım bir yerdi orası. Neden bulamıyorum?" diyerek söylendi.

"Pardon Engin Mavi, bir şey mi dedin?" diye sorarak bana baktı.

"Evet, bir sorum var."

"Aman hemen sor. Sonra senin gideceğin yeri bulacağız. Hava kararmadan buradan ayrılmış olmanı istiyorum. Hatta sabaha karşı o koya varırsan iyi bile olur. Sorunu dinliyorum..."

"İnsanlar da kıyıları değiştiriyor dedin. Bu nasıl olabilir. İnsanlar depremler kadar güçlü değil ki?"

"İnsanların doğaya yaptığı kötülükleri hiçbir canlı yapamaz Engin Mavi. Günlerdir Karadeniz kıyılarının üstünde uçuyor ve insanların yaptığı yeni bir yol için bilgi topluyordum. Offf, acelemiz olmasa sana o haritaları da gösterebilirdim. Neyse şimdi olmaz. Başka bir zaman karşılaşırsak sana gösteririm, insanın doğaya yaptığı kötülüğü."

Gagasında bu kez başka bir haritayla bana dönerek "Eveeet! İzleyeceğin rotayı bulduk. Bu gece rüzgâr fırtınaya dönmez, tatlı tatlı eserse oraya kolayca varabilirsin. Senden istediğim şu... Rüzgârın önüne kendini kaptırıp gitmeyeceksin. Sürekli dikkatli olacaksın, dalgaları hep sağından karşılamaya özen göstereceksin. Bunu yapmayı biliyor musun?" diyerek bana baktı. Evet biliyorum anlamında, gözümü kırptım. Çünkü dalgalarla oynamak, onları şaşırtmaya çalışmak en sevdiğim şeydi.

"Tamam öyleyse işin kolay. Dalga sağdan geliyor, rüzgâr düzgün esiyor, Engin Mavi denizde fişır fişır gidiyor" deyip kahkahayı bastı. "Sana son günlerde çocuklardan duyduğum bir espriyi yaparak hoşça kal demek istiyorum. İki orta bir sade, hadi bana müsaade..."

Haritacı Martı daha sözlerini bitirmemişti ki, kanatlarını çırpıp uçmaya başladı. "Nereye gidiyorsun. Daha vaktimiz var!" diye bağırdım arkasından.

"Hayır vaktimiz yok. Kendini kandırma. Tembellik etme. Hemen yola koyul. Dediklerimi sakın unutma! Gece aylı, bol yıldızlı ve esintili olsun. Belki yeniden karşılaşırız Engin Mavi... Sana mutlu bir hayat dilerim..."

Gökyüzünde öyle hızlı yükseliyordu ki Haritacı Martı'nın söylediği şarkının sözlerini de çok az duyabildim. Ama galiba şöyle bir şeydi:

Deniz kıyısındadır evim
Çok güzel taştan bir ev
Avlusunda ulu bir çınar
Çınarın yanında kuyu
Soğuk mu soğuktur
Kuyunun suyu

Hava gitgide kararıyordu. Gece fısıltıyla değil, güçlü bir sesle *'ben geliyorum!'* diyordu. Galiba bu gece Haritacı Martı'nın dilediği gibi geçmeyecekti. Bunu hissediyor ve ürküyordum.

Kendi kendime "Engin Mavi seni zor ama çok zor bir gece bekliyor" dedim.

Bakalım, Haritacı Martı'nın çizdiği rotada başıma neler gelecekti?..

Fırtınalı, Korkunç Gece

Ben bu maceranın sonunu kendi adıma merak etmeye başlamıştım.

Tamam, Haritacı Martı'nın söylediklerini yaparak yol alacaktım. Fakat yine yapayalnız kalmıştım. Yol boyunca can sıkıntısından patlayacaktım. Gülerek "Ne kadar karamsarsın Engin Mavi" dedim.

Belki canım hiç sıkılmayacak ve eğlenceli bir yolculukla çok güzel bir kıyıya ulaşacaktım.

Gözümü denizin yüzeyine diktim. Akıntının geldiği yönü anlamaya çalışarak iyice baktım. Amman! Nefis bir akıntının ortasına girmeme az kalmıştı. Hemen burnumu akıntının yönüne verdim. Heyoooo! Akıntıyla birlikte hızla gitmeye başlamıştım. Artık bir süre böyle gider, sonra rüzgârın yönüne göre kendi yönümü belirlerdim.

Ne kadar süre akıntının içinde gittiğimi bilmiyorum. Bu sırada denizdeki değişimleri izledim. Bulutlara ve başımın üstünden geçip giden kuşlara baktım. Arada onlara seslenip durdum:

"Hey! Beni duyuyor musunuz? Ben Haritacı Martı'nın arkadaşıyım. Görürseniz benden selam söyleyin."

Gövdemi yalayıp geçen büyük bir dalga beni kendime getirdiğinde epey yol almış olmalıydım. Hava gittikçe kararıyor, gökyüzünün rengi griden siyaha doğru değişiyordu. Akıntının beni nereye götüreceğini bilmiyordum. O nedenle hemen burnumu akıntının tersi yönüne çevirdim. Akıntıdan kurtuldum. Dalgaları sağıma alarak ilerlemeye başladım. Deniz şimdilik sakin ve durgundu. Hafifçe esen rüzgâr beni yavaşça itiyordu.

"Dalgayı sağına al, dalga geldi sağa kay... Dalgayı sağına al, dalga geldi sağa kay..." Uydurduğum tekerlemeyi söyleyip duruyordum. Öyle güzel yol tutmuştum ki, keyifle denizin üzerinde kayıp duruyordum. Fakat dikkatli olmaya özen gösteriyordum.

Gece olmuş, her yer kararmıştı. Karanlık bir koridorun içinde yol alıyor gibiydim. Denizin kokusu farklılaşıp keskinleşmişti sanki. Ürpertici bir rüzgâr gövdeme değip duruyor, sanki beni ısırıyordu. Yıldızlar da sanki ağız birliği yapmış "Bu gece ortalıkta görünmeyelim" demişlerdi.

Yıldızları da nasıl severim. Kurbağalıdere'de bazı geceler gözüme uyku girmezdi. Yıldızları izlerdim. Ara sıra parıldayıp sönen ışıklarıyla gökyüzünden bana göz kırptıklarını düşünür, mutlu olurdum. Hele kayan bir yıldız olursa... Sait Faik'in söylediğine göre kayan bir yıldız görünce hemen bir dilek tutulmalıymış. Dileğin yerine gelirmiş. Ben de her defasında dilek tutardım. Dileklerim de yerine gelirdi. İnanır mısınız bilmem, bir keresinde sahibimin bana yeni kürekler almasını dilemiştim. Ertesi gün sahibim elinde gıcır gıcır bir çift kürekle barınağa gelince şaşıp kalmıştım.

Bu gece yıldızların olmamasının farklı bir anlamı daha var galiba. Yıldızsız gecelerde gökyüzü sinirli ve kavgacı olurmuş diye duymuştum. Dilerim doğru değildir. Çünkü bu gece isteyeceğim en son şey sinirli ve kavgacı bir gökyüzü. Ama ben istemiyorum diye hava değişecek değil ya!

Bir ara gökyüzünde şimşek çaktığını gördüm. Bir daha, bir tane daha. Art arda şimşekler çakıyordu. Benden çok uzaktaydılar ama yine de korkmuştum. Ya hızla bana doğru gelirlerse?.. İşte o zaman içinden çıkamayacağım bir durumla karşılaşabilirdim.

Şimşekler beni korkutmakla kalmamış, yolculuk serüvenimin kalan bölümü için de kaygılandırmıştı. Çünkü bu şimşekler, fırtınalı bir gecenin habercisi olabilirdi. Fırtına beraberinde yağmur getirip gecemi kâbusa dönüştürebilirdi. Daha kötüsünü şimdilik düşünmemeye çabalıyordum. Bir tehlike anında yapacağım tek şey hızlı düşünmek ve akıllıca davranmaktı.

Tüm bu olumsuz düşüncelere rağmen kendime güvenim tamdı.

'Eeeh, artık ne olacaksa olacak. Kaçınılmaz bir son beni bekliyorsa yapacak bir şey yok. Kıyıya varamaz, denizin ortasında paramparça olursam…' diye düşünüyordum.

Düşüncelerimi keskin bir ışık dağıttı. Denizin üstünü tarayarak geçen ışık bir an beni de ışıl ışıl aydınlattı. Kısacık zamanda beni kör etti. Birkaç saniyeliğine gecenin karanlığından çıkmış, kendi karanlığıma gömülmüştüm âdeta. Gözlerimi kırpıştırdım. Çevremi görmeye çabaladım. Gözlerimin beni terk ettiğini düşünmeye başlamıştım ki, görme duyum geri geldi. Işığın uzaktan geçen bir gemiye ait olduğunu anladım. İçim umutla doldu. Demek ki hiç yalnız kalmayacaktım. Ben görmesem ya da hiçbir gemi beni fark etmeden geçip gitse bile bir sürü gemi denizde yol alıyordu. Yani, aslında benimleydi.

Bu uçsuz bucaksız suyun üstünde tek başıma olmadığımı düşünmek içimi ferahlatmıştı ama... Havanın

iyiden iyiye bozacağının belirtilerini de hissetmeye başlamıştım. Gökyüzündeki bulut kümeleri hızla yer değiştiriyor, rüzgâr sertleşiyordu. Daha önemlisi, sanırım yağmur yağmaya başlayacaktı.

Yanılmamıştım. Minik bir damla ıskarmozlarımdan birine düştü. Evet, işte bir damla daha. Bu kez [redacted] tarafımda bir yere damladı. Henüz çiseliyordu, ama giderek şiddetlenecek gibiydi. Çünkü kapkara bir bulut bana doğru geliyordu. Bu bulutun yağmur yüklü olduğu belliydi.

Güldüm. Altım zaten ıslaktı, şimdi üstüm de ıslanıyordu. Birazdan sucuk gibi olacaktım. Bugüne kadar böyle bir deneyimim olmamıştı. Buna sevinmeli miyim? Henüz bilmiyorum. Olacakları hep beraber göreceğiz.

Kurbağalıdere'de sonbaharın ortalarına kadar kıyıya bağlı kalırdık. Bazen yağmur çiseler, gövdemi azıcık ıslatırdı. Ama o kadar işte. Sahibim mevsim değişmeye başladığında ne olur ne olmaz diyerek yaptırdığı brandayla üstümü örterdi. Yağmur hızlansa bile, açıkta kalan yerlerime değen yağmur beni ıslatmazdı. Yağmurlu günlerden hatırladığım tek şey, beni kıyıya bağlayan iplerin ıslandığında çıkarttığı seslerdi. Gıcırdarlar, sanki acı çekiyorlarmış, canları yanıyormuş gibi inlerlerdi.

Şimdi ne bir kıyıya bağlıyım, ne o ipler var, ne de çıkarttıkları sesler... Denizin ortasında bir başımayım. Üstüme gelen heybetli, kapkara bulutu bekliyorum. O da sanki benimle randevusu varmış gibi hızla üzerime geliyor. Bana yakınlaşmak, beni görmek istiyor gibi. Bana iyice yaklaştığında "Hey sen, minik kayık, buraya baksana! Ne arıyorsun bakayım böyle bir gecede, bu koyu karanlığın ortasında?" diyecek sanki.

Düşüncelerim uçuşup kaçışıyor. Saçmalıyorum biliyorum. Bu durumda olan hiç kimse böyle düşünmez diyebilirsiniz. Belki de haklısınız. Ancak içinde bulunduğum durumda, saçmalama hakkım varmış gibi geliyor bana.

Kapkara bulut bütün haşmeti ile sonunda üstümdeydi. O anda inanılmaz bir şey oldu. Kocaman bir dalga beni alıp ileri doğru attı ve bulutun altından çıkarttı. Bulut üstüme üstüme geliyor, dalgalar beni alıp bulutun o koyu gölgesinden çıkartıyordu. Gökyüzü ve dalgalar sanki bir oyuna dalmıştı. Beni de oyunun ebesi yapmışlardı. Bu oyun ne kadar sürecek diye bekliyordum ki, beklenen oldu. Gökyüzü dalgaları yendi ve buluttan boşanan sağanak yağmuru üstüme boca etti.

Sizlerle iddiaya girerim, hiç böyle ıslanmamışsınızdır. Yağmur hızlı ve iri damlalarla yağıyordu. Şiddetini artıracağa benziyordu. Arada gökyüzünü birkaç saniyeliğine aydınlatan şimşeklerin sesiyse ürkütücüydü. Rüzgâr deli gibi esiyor, âdeta *'bu bir şey değil. Birazdan fırtınaya dönüşeceğim, hazır mısın?'* diyordu.

Hazır mıyım? Bilmem. Galiba bu soruya verecek bir yanıtım da yok. En azından, şu anda bu soruyu yanıtlamanın anlamsız olduğunu biliyorum. Böyle güçlü bir yağmura, azgın dalgalara, önüne kattığını sürükleyen fırtınaya, gecenin karanlığına, şimşeklerin kulakları sağır eden gürültüsüne karşı ne yapabilirim.

Gözlerimi yumdum. Kurbağalıdere'yi, arkadaşlarımı, sahibimi düşünmeye zorladım kendimi. Güleceksiniz ama derenin geveze kurbağalarını bile düşündüm. Bunun, içine düştüğüm çaresizlikten kaçıp kurtulmak amacıyla aklımın oynadığı bir oyun olduğunu biliyordum. Çok sıkıcı, çok üzüntü verici durumlarda aklınız bu oyunu size de oynamaz mı? Bu oyun sayesinde siz de rahatlar, dertlerinizden bir an olsun uzaklaşmaz mısınız?

Tabii oyun oynamamı istemeyen, beni oyundan ayıran, düşüncemde bile olsa oyunumu kıskanan bir şey ortaya çıkıverdi.

Önce sesini duydum. Bir çığ gibi suyun üzerinde yuvarlanan, büyüyerek bana doğru gelen bir şeydi bu... Ardından o karanlıkta bile kendini ele veren bembeyaz rengini gördüm. Yakınlaştıkça anladım. Üstüme gelen, benim boyumu kat kat aşan, doruğunda bembeyaz köpükler olan koskocaman bir dalgaydı. Yaklaştıkça da irileşiyordu. Böyle devasa bir dalgaya karşı yapacağım tek şey boynumu büküp, sonumun gelmesini beklemekti. Gözlerimi sıkıca yumdum, nefesimi tuttum ve kaçınılmaz sonun gelmesini beklemeye başladım. Ses artık kulağımın dibindeydi, dalga neredeyse üzerime abanacak, beni yutup denizin derinliğine yollayacaktı.

'Deniz dibini hiç görmemiştim. İşte şimdi göreceğim' diyen iç sesime "Saçmalama!" diye bağıran kendi sesim yanıt verdi.

Avazım çıktığı kadar bağırmaya... Devasa dalganın, yağmurun, denizin uğultusunun, fırtınanın, şimşeğin sesini bastırmak istercesine bağırmaya başladım:

"Elveda Sait Faik, elveda Bata Çıka, Haritacı Martı, Laci, Ay Işığı! Elveda Titanik, Kurbağalıdere, derenin kurbağaları, Gülen Sumru!..

Elveda denizin bilge teknesi, kısa süren özgürlüğümün baş aktörü Barbarossa, çok teşekkürler ve ELVEDA."

Deniz Feneri

Dalga da dalgaymış ha!

Beni herkese elveda diyecek kadar korkuttuğuyla kalmadı, ümidimi yitirip kendime olan inancımı bile sarstı. Ama maceramın sürdüğünü anlamış olmalısınız. Siz bu satırları okuduğunuza göre, denizin bana oynadığı oyunun sonunda, şansımın da dönmüş olduğunu biliyorsunuz.

Evet, dalga beni içine alıp, metrelerce yukarı kaldırdı. Bir girdabın içinde, dakikalarca kalmış olmalıyım. Gözlerimi kapadığım için hiçbir şey göremedim. Zaten gözlerim açık olsa da o karanlıkta ne görebilirdim. Sadece müthiş bir sesi vardı. Kulaklarımı sağır etmeden az önce duyduğum şey şuydu: Voouuvfoşşşşşşş.

Köpükler her yerimi sardıktan sonra, dalganın üzerinde gökyüzüne doğru yükseldiğimi hissettim. Galiba orada biraz kaldım. Dalganın gücü azalıp, aşağı doğru alçalırken gözümü açıp neler olup bittiğine bakmak istedim, cesaret edip bakamadım. Ama en büyük keyif aşağıya inerken yaşadığımdı. Sanki gökyüzüne kurulu bir kaydıraktan hızla aşağıya kayıyordum. İçim çekiliyor, başım hafifçe dönüyordu. Kaydım, kaydım ve denizin yüzeyine neredeyse bir tüy gibi indim. Bunun nasıl olduğunu bilemiyorum. Ben paramparça olacağımı, denizin dibini boylayacağımı düşünüyordum.

Deniz ve dalga galiba durumuma acımış 'Şu minicik kayığa biraz şefkatli davranalım' demiş olmalı. Başka türlüsü olamaz, çünkü o girdabın içinden kurtulmam mucizevi bir şeydi.

Fakat dev dalgadan sağ salim kurtulmam bile beni sevindirmiş değildi. Her yanım ağrıyıp sızlıyordu. Üstüne bir de yaşadığım heyecan ve korkuyu ekleyin... Bitkin düşmüştüm. Uyusam diye düşündüm ve bu düşünceyi hemen aklımdan kovdum. Çünkü üstüme doğru gelen yeni bir dalga daha vardı.

"Ben dalgaları severim. Dalgalarla oynamayı da severim. Ama sizin gibi büyük dalgalarla oyun oynanmıyor ki! Gidin kendiniz gibi büyük gemilerle oyun oynayın!" diye haykırdım.

Kendime gülüyordum bir yandan. Bata Çıka bu halimi görse yine sırtüstü yüzmeye başlar, o tiz kahkahalarını atardı. "Sen uslanmaz bir şımarıksın Engin Mavi!" diye çıkışırdı mutlaka.

Bu dalga da büyüktü. Fakat o da ne! Yanıma gelince birdenbire uslanıp durmasın mı? Şaştım kaldım. Bir ara çakan şimşeğin aydınlığında gördüğüm daha küçük bir dalganın üzerine kendimi attım ve oradan uzaklaştım.

Galiba bir süre rahat edecektim. Şimşeklerin çaktığı anlarda acelece çevremi gözlemeye başladım. Nerede olduğumu kestirmem çok güçtü, ama en azından yakın çevremde neler olduğunu görebilirdim.

Yağmur etkisini azaltmıştı. Rüzgâr estiğinde her yerimi ısırıyordu. Dalgaların boyu küçüldüyse de etkisini yitirmemişti. Yine azgınca sağa sola saldırıyorlardı. Şimşekleri ise neredeyse dostlarım gibi görmeye başlamıştım. Çaktıklarında etrafı aydınlatıp bana yardımcı oluyorlardı.

Uzakta, çok uzakta bir ışığın yanıp söndüğünü fark ettim. Işığın bir gemiden geldiğini düşündüm. Neden yanıp söndüğüne ise anlam veremedim. Ben yanlış görüyorum herhalde deyip geçtim. Ama arada sırada o tarafa bakmayı sürdürdüm. Sanki o ışıktan güç almaya başladım. Kendimi yalnız hissetmemek, uzakta da olsa bir ışığın olduğunu görmek beni rahatlatıyordu. Azgın denizin ortasında ihtiyacım olan tek şey bu değilse de hiç yoktan iyiydi.

Gecenin karanlığında "Çatırrrrrt!" diye kopan bir gürültü yüreğimi ağzıma getirdi. Önce gök gürültüsü sandığım bu çatırtı gökten falan gelmiyordu. Zaten şimşek çakmış olsaydı ışığını görürdüm. Benim oldukça yakınımda kopan bir gürültüydü bu. Ancak büyük bir çarpışmadan sonra böyle bir ses çıkabilirdi. Gecenin karanlığında çevremi kolaçan etmeye çalıştım. Ama hiçbir şey göremiyordum.

Birkaç saniye geçmişti ki baş tarafımda müthiş bir ağrı hissettim. Bu ağrı bütün vücudumu sarıp beni acıyla kıvrandırırken sesin nedenini anladım: Denizde benim gibi başıboş gezen bir şey, bana çarpmıştı. Bunun bir ağaç kütüğü olabileceğini düşündüm.

Böyle, yağmurun bardaktan boşanırcasına yağdığı zamanlarda Kurbağalıdere de kabına sığmaz taşar, sele teslim olurdu. Ben kışın çekildiğim kayıkhanedeki pencereden seli izlerdim. Zaman zaman sele kapılmış olan kocaman ağaç kütükleri, derede bir kibrit çöpü gibi yüzer, açık denize karışırdı. İşte şimdi bana çarpan da böyle başıboş bir kütük olmalıydı.

Baş tarafımdaki acı dayanılmaz hale gelmişti. Bana çarpan kütük gövdemde delik açmıştı. Delikten giren rüzgâr beni çıldırtıyordu. Sanki yarama sürekli bir şey değiyor, beni huylandırıyor, acımı artırıyordu.

Baş tarafımdaki çıkıntı da herhalde çarpma anında kopmuştu. Onu da göremiyordum. Kurbağalıdere'ye ilk indirildiğim yılın sonunda sahibim, ahşap bir denizatı heykelini baş tarafıma takmıştı.

Önceleri hiç hoşlanmadığım ama giderek alıştığım, sevdiğim bu denizatı ile bazı geceler konuşurdum. Hatta ona bir isim takmak istemiş, Sait Faik'e "Bu denizatının bir ismi olmalı, sence ne olsun?" diye sormuştum. Canım Sait Faik, şaşırarak bana bakmış "İyi de ismini sen koymalısın" demişti. Azıcık düşünüp "Engin Mavi'nin denizatı" olsun deyivermiştim. "Bu kadar uzun bir isim olur mu?" diye karşı çıkınca da "Öyleyse sen öner" diye sızlanmıştım.

Sait Faik her zamanki kibarlığıyla "Peki, Süvari olsun" demez mi? Anlamını bilmememe rağmen "Nefisss! Evet nefis bir isim. Süvari... Süvari..." diyerek tekrar etmiştim.

Şimdi o da beni terk edip gitmişti. Gövdemdeki deliğin verdiği acıdan daha çok Süvari'nin kopup kaybolmasından etkilenmiştim. Aklıma ister istemez sahibim geldi. Şimdi acaba ne yapıyordu? Benim kendisini terk etmeme kızmıştır. Sonra da benim için üzülüp kaygılanmaya başlamıştır.

Kocaman dalgalar arka arkaya gelmeye başlayınca düşünmeyi bırakıp mücadele etmem gerektiğini anladım. Eğer denizin kudurganlığı durulmaz, dalgaların azgınlığı son bulmazsa halim haraptı.

Gözümü yanıp sönen ışığa diktim yeniden. Orası neresidir kestiremiyordum. Belki bir gemi, belki bir kara parçası, belki de yorgunluktan, bitkinlikten gördüğüm bir hayal. Güçsüz gövdemin, karmaşık düşüncelerimin bana oynadığı kötü bir oyundu belki. Ne olursa olsun içimden bir ses oraya doğru gitmemi söylüyordu...

Işığa doğru gitmeliydim. Kendimi kontrol edebilirsem, dalgalara karşı verdiğim savaşı kazanabilirsem yönümü oraya doğru çevirebilirdim. Gayretimin sınırlarını zorlayarak üzerime gelen dalgayı yardım. Baş tarafımı ışığın yönüne doğru çevirmeyi başardım. Şimdi yapmam gereken, gücümün kalan son kırıntılarını kullanarak rotamı kaybetmemek, aynı yönde yüzmekti.

Bir yandan dalgalarin yarattığı girdaba kapılmış sürükleniyor, diğer yandan gökyüzünden boşalan yağmurla su doluyordum. Fakat direniyor, dalgaların yönümü değiştirmesini engellemeye çabalıyordum.

Dalgalarla baş etmeye başlamıştım, ama yağmur şiddetini artırır, tüm gövdem suyla kaplanırsa çabam boşa gidecekti. Ne yazık ki yağmura karşı yapacağım bir şey yoktu.

Işık gittikçe daha parlak, daha belirgin gözüküyordu. Bir hayal değil, gerçek bir ışıktı bu. Neden yanıp yanıp söndüğüne hâlâ bir anlam verememiştim, ama bunun şu anda hiçbir önemi yoktu. Tek kaygım ışığı yitirmemek, ona ulaşmaktı.

Acım gittikçe artıyor, gövdemin her tarafını sarıyordu. Uykum vardı, göz kapaklarım her an kapanabilirdi.

Belki size saçma gelecek, o kötü durumda bile "Engin Mavi, sen güçlü bir kayıksın. Küçük, ama güçlü bir kayık. Buralara kadar geldin. Yaşamak için denizle savaştın. Bu kadar çabayı göze aldın. Pes edemezsin. Gayret etmeli ve özgürlüğünü tam anlamıyla kazanmalısın. Pes etmemelisin, güzel günler göreceksin..." diyordum.

"Güzel günler göreceksin... Güzel günler göreceksin..." Ben bunu bir yerden hatırlıyordum. Ama nereden?

Tabii yaa! Bu arkadaşım Laci'nin sahibinden öğrendiği bir şiirde geçiyordu. Laci şiiri sular seller gibi ezberlemişti. Hatta şiiri yazan şairin adını bile öğrenmişti.

Arada sırada o sıkıcı dere yatağını şenlendirmek için Laci bu şiiri okurdu. Sevdiğim bir şiirdi. Aslında bildiğim tek şiirdi. Bazı yaz geceleri, deredeki bütün kayıklar ağız birliği eder, şiiri okumasını ister, "Laciiii... Laciiii!" diye tempo tutardık. Laci de bizi kırmaz, şiiri bir kez daha okuyarak, sıkıcı gecemize renk katardı.

Nazım Hikmet miydi şairin adı?.. Galiba öyleydi.

Fakat sevdiğim şiirin sözlerinin tümünü hatırlayamıyordum. Daha doğrusu ağrım o kadar şiddetliydi ki düşüncelerimi şiire yoğunlaştıramıyordum. "Hadi Engin Mavi, hadi hatırla şu şiiri" diyerek kendimi zorluyordum. Bunun işe yaradığını da görüyordum. Şiirin sözleri birer birer aklıma geliyordu:

"Güzel günler göreceğiz çocuklar,
Güneşli günler göreceğiz...
Motorları maviliklere süreceğiz çocuklar,
Işıklı maviliklere süreceğiz..."

İşte bu. Şiir buydu. Şiiri hatırlayıp yüksek sesle okuduğum anda umudum arttı. Yaşama sevincim ve gücüm yerine geldi. "Her türlü zorlukla baş ederim artık, heyooo!" diye bağırdım. Eğer direncimi yitirmezsem ben de güneşli güzel günler görebilir, ışıklı maviliklerde süzülebilirdim.

"Teşekkürler Laci, bana gücümü yeniden kazandırdın" dediğim anda utandım. Bana şiiri öğreten Laci'ydi, fakat şairi unutmam büyük haksızlıktı. "Çok yaşa Nazım Hikmet" diyerek şaire de hakkını verdim.

Aklımda ve dilimde şiir, gövdemde ağrı ve acı, gözümde uyku... yol alıyordum. Işığın olduğu yere iyice yakınlaşmıştım. Galiba yüz kürek çekimi uzaklıkta olmalıydı. Gayretimin sonucunu görecektim sanırım. Işığa doğru yol almayı sürdürdüm.

Sıcak bir suyun gövdemi yalayıp geçtiğini fark ettim. Bu bir sıcak su akıntısı olmalıydı. Şansım dönüyordu galiba. Kendimi akıntının sıcak kollarına bıraktım. Böyle gitmeye devam edersem kısa süre sonra ışığın yanına varmış olurdum.

Kafamda onlarca soru da vardı. Bu ışık neyin nesiydi? Denizin ortasında ne işi vardı? Ben hâlâ bir yanılsamanın içinde olabilir miydim? Işık hayal gücümün bir oyunu muydu? Yoksa gerçek miydi? Yakında bir kara parçası mı vardı?

Bu sorulara bulacağım yanıt ışığın kendisinde gizliydi aslında. Kafamın içinde büyüyen soruları unutup ışığa doğru yüzmeliydim. Oraya varınca zaten her şeyi anlayacaktım. Tabii gönlümden geçen, bu ışığın karada bir yerde olmasıydı. Çünkü artık dayanacak gücüm kalmamıştı. Kendimi bir an önce kıyıya atmak, bir koya sığınmak, denizin gazabından kurtulup dinlenmek istiyordum.

Sonunda kafamı karıştıran ama umut bağladığım ışığın nereden geldiğini, ne olduğunu anladım. Yakında bir kara parçası vardı ve bu ışık olsa olsa bir deniz fenerinin ışığı olabilirdi. Kendime o kadar çok kızdım ki, bunun bir deniz feneri olduğunu anlamalıydım. Daha önce deniz feneri görmüşlüğüm yoktu ancak yüzlerce kez hikâyesini dinlemişliğim vardı. O hikâyelerden biri aklıma gelseydi, bu ışığın deniz fenerinden geldiğini şipşak bulurdum.

Deniz fenerini nereden mi biliyorum?

Kurbağalıdere'deki bazı tekneler yaz tatillerinde uzun deniz yolculuklarına çıkarlar, aylarca dönmezlerdi. Biz küçük kayıklar o teknelerin dönüşünü dört gözle beklerdik. Çünkü geldiklerinde tomarla hikâyeyi de beraberlerinde getirirlerdi. Günler, geceler boyu, açık denizlerde yaşadıklarını anlatırlardı.

Bu teknelerin içinde biri vardı ki, anlattıklarını ağzımız bir karış açık dinlerdik. Seyahatinde yaşananları, okyanuslardaki günlerini en ince detaylarına kadar anlatır, bizi hayran bırakırdı. Sadece güzel anlatmakla da kalmaz, hikâyesini zenginleştirir, süsleyerek anlatırdı.

Bu tekne Kısmet'ten başkası değildi.

Diğer tekneleri bilmiyorum ama Kısmet, dünyanın bütün denizlerini gezmiş, değişik ülkelerin limanlarına demirlemişti. Anlattığı bir sürü hikâyeden aklıma kazıdığım bir an vardı. Beni çok etkilemişti. Hikâyesinin kahramanı da bir deniz feneriydi. Fırtınalı bir denizde yol alırlarken karşılarına çıkan deniz fenerinin hayatlarını nasıl kurtardığını anlatırdı. Hatta Kısmet'in sahibi deniz fenerlerine 'Açık denizlerin tek gözlü korsanları' ismini

vermişti. Bu deniz fenerlerini çok iyi anlatan, güzel bir isimdi.

İşte ben de hayatımı bir deniz fenerinin bana verdiği umuda bağlamıştım. Henüz fenere ulaşamamıştım, çok uzağımdaydı. Ama tutunacağım başkaca umudum yoktu.

Sağanak yağış gövdemi suyla doldurmuş, bedenimi ağırlaştırmıştı. Yaram vardı. Akıntı her an yön değiştirebilir ve beni fenerin çok uzağına doğru sürükleyebilirdi.

Fakat içimden bir ses kurtulacağımı söylüyordu.

Uykum vardı, yorgundum. Göz kapaklarımı açık tutmak için gösterdiğim çaba artık yetersiz kalıyordu.

İçimdeki ses *'Uyu Engin Mavi, artık ne olacaksa olacak. Uyu…'* diye fısıldarken uyuyakaldım.

Fener Bekçisinin Kızı

Ne zaman kendime geldiğimi hatırlamıyorum. Zar zor da olsa gözlerimi aralamaya çalıştım. Göz kapaklarımı açmaya gücüm yetmedi. Fırtınalı gecede, hırçın dalgaların ortasında, gözlerime dolan tuzlu su gözlerimi mahvetmişti. Ama suyun üstünde değildim atık, ondan emindim. Güç bela da olsa bir kıyıya varmıştım.

İyi de nereye?..

Sapsarı güneşin altında yarı baygın yatıyordum. Arada sırada kıç tarafıma değen deniz beni serinletiyordu. Kalan kısmım sıcaktan kavruluyordu. Kurumaya başlayan ahşap gövdemden çatırtılar çıkıyor, sesler beni çıldırtıyordu. Tekrar gözümü açmayı denedim... Bayılmışım.

Zamanın geçtiğini hissediyordum. Çünkü güneşin ısısı azalıyor, yerini gecenin serinliğine bırakıyordu. Belki de günlerdir burada, neresi olduğunu bilemediğim yerde ölü gibi yatıyordum. Kâbuslar, karmakarışık rüyalar görüyordum. Bir defasında sahibimi gördüm. Kütük bana çarpmadan az önce beni kurtarmaya çalıştı. Elini bana doğru uzatıyor, fakat yetişemiyordu. O bana yaklaştıkça bir dalga beni ondan uzaklaştırıyor, ileriye doğru savuruyordu. "Engin Mavi... Engin Mavi!" bağırışlarını duyuyor, sesin nereden geldiğini anlayamıyordum. Sonra sesi duyamaz oldum. Bir girdap beni yakalayıp denizin dibine çekmeye başladı. Şimşek hızıyla dibe iniyordum. Metrelerce derinlikte kuma öyle bir çarptım ki paramparça oldum.

Kötü rüyadan kurtulmaya çalışıyordum. Titremeye, acayip sesler çıkartmaya başladım. Ama karabasandan kurtulamadım.

Bir sabah, uzaktan gelen seslerle uyanır gibi oldum... Bu bir kız çocuğun sesiydi galiba:

"Baba... Baba, babaaaa! Çabuk buraya gel!"

Kulağımın dibinde bağıran bir çocuğun sesiyle, yaşadığımı müjdeleyen sesle, kendimi uyanmaya zorladım. Uzun, sapsarı saçları rüzgârda dalgalanan bir çocuk, ileride kocaman bir kayanın üstünde duran babasını çağırıyordu. El kol hareketleriyle benim olduğum yeri gösteriyor "Burada, baba burada!" diye bağırmayı sürdürüyordu. Babası ise "Ne var, ne istiyorsun? Ne var orada?" diye soruyordu.

Kendime gelmeye, gözlerimi açmaya uğraştım. Ama çabam boşunaydı. Yeniden kendimden geçtim. Uykuyla uyanıklık arasında gidip gelirken birtakım sesler duyuyor olsam da ne konuşulduğunu anlayamıyordum. Korkunç geceden hırpalanmış olarak da olsa sağ salim kurtulmuştum. Yarı uyur vaziyette duyduklarım, çocuk, babası, bağırtılar, arada havlayan bir köpeğin sesiydi, rüya değilse tabii…

"Baba baksana ne kadar minik. Bak bak! Arka tarafında büyük bir delik var. Boyaları nasıl da sıyrılmış. Canı ne çok yanmıştır. Yazık!"

"Bu kadar küçük bir kayığın dün geceki fırtınadan kurtulmuş olmasına şaştım. Açıktaki büyük gemiler bile bütün gece telsizle yardım isteyip durdular. Şanslı bir kayıkmış."

Minik bir koyun altın sarısı kumları üzerinde gözlerimi açtım. Kaç gündür uyuyordum acaba? Belki haftalar, aylar geçmişti.

Başım çatlayacak gibi ağrıyordu. Onun dışında hiçbir yerimde ağrı hissetmiyordum. Hatta çarpışmada gövdemde oluşan deliğin yerinde bile ağrı duymuyordum.

Etrafta kimseler yoktu. Gökyüzünde parıltılı bir güneş vardı. Kıyıyı hafifçe döven dalgaların sesiyle mest olmuştum. Ne durumdayım diyerek şöyle bir kendimi gözden geçirdim.

Gözlerime inanamadım. Delikten eser yoktu. Onarılmıştı. Yeniden boyanmıştım, ıskarmozlarım yenilenmişti, küreklerim iki yanda boylu boyunca uzanıyordu. Baş tarafımdaki çıkıntının yerine bir çan asılmıştı. Süvari'nin yerine bir çanın asılmasına canım sıkılmadı değil, ama elimden ne gelir. Beni tamir ederlerken, ölü gibi yatıyor olmalıydım. Hiçbir şey hissetmemiştim. Yenilenmiş, bambaşka bir kayık olmuştum.

Rengim bile değişmişti. Iskarmozları sarı, üst tarafı lacivert, gövdesi turkuvaz renkli bir kayık olup çıkmıştım. Ama itiraf edeyim çok güzel olmuştum. Çan dışında bu yeni halimle kendimi çok beğenmiştim.

Peki neredeydim?..

Etrafı kolaçan etmeye başladım. İlk izlenimim buranın sakin, küçük ve korunaklı bir koy olduğuydu. Koyun girişini iri kayalar kapatmış, kumsala girilecek küçücük bir yer bırakmışlardı. Sağımda her yanını yosunların kapladığı, yemyeşil bir başka kayalık vardı. Sağımda ise en

fazla on metrelik kumsal uzuyordu. Yosunlu bir kayaya çakılı, paslanmış demir bir halkaya beni bağlamışlardı.

Kumsalın orta yerindeki tümseğe dikkatlice baktığımda bunun bir ağ olduğunu anladım. Demek beni bulanlar balıkçılık yapan insanlardı. Deredeki bazı arkadaşlarım balığa ağ ile çıkarlar, dönüşte ağı kıyıya çeker, bir sürü balığı su dolu kovalara koyarlardı.

Keskin bir yamacın üstündeki deniz fenerini sonradan fark ettim. Beni kurtaran, bana hayatımı armağan eden fenerdi bu. Bembeyaz, upuzun kulesi, tepesindeki ışıldağıyla muhteşem görünüyordu. Bir gönül borcumu öder gibi, uzun uzun feneri seyrettim.

Korunaklı, neredeyse hiç rüzgâr almayan bu koyak. Küçücük kumsal. Denize dimdik inen uçurumun altındaki bu saklı bir cennet, benim yeni evim miydi?..

Dilerim öyledir, dilerim burası benim yeni yuvamdır. Artık hiçbir yere gitmek istemiyorum. Açık denize çıkmayı ise hiç düşünmüyorum. O serüveni yaşadım, doğrusu o riski tattım. Artık güvenli bir yuva, anlaşabileceğim, beni seven insanlar ve güzel bir hayat istiyorum.

Yanlış anlamayın tabii. Yine denize çıkmak, küreklerim çekilirken çıkan o sesi duymak, suların koynunda vakit geçirmek, maviliklerde oynamak istiyorum. Bunlardan asla vazgeçemem.

Nereden çıktığını anlamadığım "İyi de acaba bunlar kalıcı mı?" sorusunu kendime sorarken buldum. Sorduğum anda kan ter içinde kaldım.

Henüz emin değildim ama, Bata Çıka'nın benden ayrılırken söylediklerinin gerçekleşmiş olmasını istedim.

Seveceğim bir kıyı, mutlu olacağım bir barınak bulmuştum. Ama onun dileğinde söylediği, anlaşacağım insanlar neredeydi? Beni kurtaran, yaralarımı sarıp tamir edenler neden ortalıkta yoktu.

"Ne kadar sabırsız bir kayıksın sen Engin Mavi" diye söylendim.

Kumsalda bir iki martı geziniyor, ortalıkta yiyecek bir şeyler arıyorlardı. Onları görünce hemen seslenmek, Haritacı Martı'yı sormak istedim. O da ne! Sesim çıkmıyordu. Bağırmayı, avaz avaz bağırmayı denedim.

Sesimi yitirmiştim. Konuşamıyordum. Bir iki kez daha denedim, birtakım sesler çıkarmaya başlamıştım. Bunlar hırıltıya benzer seslerdi.

Hırıltılarımdan ürken martılar gürültüyle uçup gittiler.

Başıma gelebilecek en kötü şey gelmişti. Benim gibi konuşmayı seven, hatta geveze bir kayık için bundan kötüsü olamazdı. Sesimi çıkarmayı denedim, bir daha, bir daha. Iıııh! Galiba artık konuşamayacaktım.

Sesimi yitirdim ama hayattayım ya! Bundan daha büyük mutluluk olur mu? Sesim de yeniden düzelir, tekrar konuşmaya başlarım nasıl olsa.

Kafamı kaldırdım, bana doğru gelen sarı saçlı çocuk ve dünyalar güzeli köpeği gördüm. Köpek çocuğun yanından ayrıldı, kuyruğunu sallayarak yanıma gelip çevremde koşarak havlamaya başladı. Boncuk gözleri, sütlü kahverengi, kabarık tüylü kuyruğuyla bu köpeği sevmiştim.

"Duysi. Duysiii. Havlama, rahat bırak kayığı."

Demek beni bu çocuk bulmuştu. Hayal meyal hatırladığım o ilk sesler, görüntüler gerçekti.

Duysi'yle çocuk, yanıma gelip oturdular. Gözlerinin içi parlayan, yüzü gülen çocuk beni okşayıp sevmeye başladığında gözlerim doldu, ağlayacak gibi oldum.

"Minik kayık, bu sabah nasılsın bakalım. Seni bulduğumuzda kötü durumdaydın. Tamir etmek epey zamanımızı aldı. Sen de yaşama sevinciyle dolu olmalısın. Seni bulduğumuzda babam 'Zeynep, biz bu minik kayığı tamir etmeye çalışalım ama çok umutlanma olur mu? Belki eski haline dönemez' demişti. Şimdi bence eskisinden daha sağlam ve güzelsin" dediğinde ağlamaya başladım.

Adı Zeynep'miş. Ne güzel. Köpeğin adı da Duysi. Anlamı ne acaba. Neyse bundan sonraki hayatımı burada geçireceğime göre zamanla öğrenirdim. Yutkundum, 'Burada yaşamak istiyorum, ne olur!' diye içimi çektim.

Bir kayığın mutluluk gözyaşları dökeceğine inanmayabilirsiniz. Siz bilirsiniz. Ben mutluluktan ağlıyordum. Seveceğim insanlarla, üstelik daha fazlası, seveceğim bir köpekle karşılaşmıştım.

Azgın denizde bana çarpan kütük, adımın yazılı olduğu yerde delik açmıştı. Gövdemden kopan parçanın üstünde adım yazılıydı. Sadece Süvari'yi, sesimi değil, adımı da kaybetmiştim. Acaba bana bir isim koymuşlar mıydı? Sormak istiyordum ama nasıl...

Zeynep aklımdakileri okumuş gibi konuşmaya başladı.

"Ha! Bu arada hiçbir yerde adın yazılı değildi. Ben ve Duysi sana bir ad taktık. Bakalım sevecek misin? Henüz gövdene ismini yazdıramadık ama... Sen bize açık denizin armağanı olduğun için ismini de ondan esinlenip koyduk. Bundan sonra senin adın Açık Deniz. Nasıl beğendin mi?"

Konuştukları dili anlıyor ama şimdilik konuşamıyordum. Konuşabilseydim Zeynep'e ve Duysi'ye "Sizi çok, ama çok seviyorum!" derdim.

ENGİN MAVİ SÖZLÜĞÜ

Barbarossa: Engin Mavi'nin çok sevdiği ve saygı duyduğu teknenin adı, ünlü Osmanlı denizcisi Barbaros Hayrettin Paşa'dan geliyor. Avrupalılar bu usta denizcinin abisi Oruç Reis'e sakalları kızıl renkli olduğu için kızıl sakal anlamına gelen Barbarossa demişler. Sonra kardeşi Hızır Reis'i yani Barbaros Hayrettin Paşa'yı da aynı isimle anmışlar. Barbaros Hayrettin Paşa uzun yıllar Osmanlı donanmasını yönetmiş, Türk denizciliğinin gelişmesi için çok başarılı işler yapmış. Bu arada sizin de dikkatinizi çekmiştir, Barbarossa'nın yelkenlerinin rengi de kıpkırmızı. Barba: Sakal, Rossa: Kızıl demekmiş, bu durumda Barbarossa: Kızıl Sakal oluyor.

baş güverte: Engin Mavi'nin burun kısmında bulunan yer. Kayıkçılar oraya sepetlerini, ağlarını, olta takımlarını koyarlar. Bazen kendileri ya da kayığa konuk ettikleri insanları oturturlar. Kayık denizde yavaşça yüzerken baş güvertede oturup denizi izlemek keyifli mi keyiflidir. Hele geceleri denize yansıyan ayı ve yıldızları seyretmek çok güzeldir.

borda: Kayığın denize bakan yan taraflarına yani dış yüzüne borda denirmiş. Ben de yeni öğrendim, iç tarafındaki yanlar da alabandaymış. Ama Engin Mavi en çok borda tarafını seviyor. Çünkü denizle iç içe olan taraf orası.

çıpa: Bütün deniz taşıtlarında olduğu gibi Engin Mavi'nin de gövdesine zincirle bağlı küçücük demir bir çıpası vardı. Denize açıldıklarında sahibi çıpayı denize atardı. Çıpa denizin dibini boylar, orada kendine tutunacak yer bulurdu. Böylece dalgalar, rüzgâr ve akıntının onları sürüklemesini engellerdi. Tahmin edeceğiniz gibi Engin Mavi çıpasını çok sevmezdi. Bazen "Keşke çıpam olmasa da akıntıya kapılıp açık denizlere sürüklensem" bile derdi.

ıskarmoz: Tekne yapan bir ustadan öğrendiğime göre kürekle yüzdürülen kayıklarda küreklerin bağlandığı yerin adı ıskarmozmuş. Kayığın iki yanında duran bu ahşap çıkıntılara kürekler iple geçirilir ve oraya sabitlenirmiş. Yine ustadan öğrendiğime göre kürekler çekilirken şöyle bir ses çıkarmış: gırç gırrrrç gırç gırrrrç.

Kısmet: Dünyanın çevresini tekneyle dolaşan ilk Türk denizcisi Sadun Boro'dur. Kısmet ise bu muhteşem geziyi gerçekleştirdiği teknenin adı. 1965 yılında (o yıl benim doğduğum yıl olur) teknesi Kısmet ile dünya denizlerine yelken açan Sadun Boro ve eşi bu seyahatini üç yılda tamamlamış. Fakat bu seyahatte yalnız kalmamışlar. Kanarya Adaları'nda kedileri Miço tekneye konuk olmuş. Ardından bu seyahatte dünyaya gelen kızları Deniz onlara eşlik etmiş. Başından geçen deniz hikâyelerini de yazdığı kitaplarda toplamıştır. Okyanuslarda yelken açtığında onunla karşılaşan ve teknesine konan bir deniz kuşu olmak isterdim.

Nazım Hikmet RAN: En sevdiğim öykücü Sait Faik'tir. En sevdiğim şair de Nazım Hikmet'tir. Kendisine Mavi Gözlü Dev de denir. Dünya şiirinin en önemli isimlerinden biridir. Biz çocuklar için yazdığı masallar ve hikâyeler de vardır. Sevdalı Bulut bunlardan biridir. Türkçenin en güzel şiirlerini yazan şairimiz çocuklar için de şiirler yazmıştır. Bazılarını ben size söyleyebilirim: Kız Çocuğu, Masalların Masalı, Dünyayı Verelim Çocuklara.
Sizinle şu anımı da paylaşmak isterim... Nazım Hikmet'in ilk şiirini okuduğumda 11 yaşındaydım, şiir de "Kambur Kerim'in Hikâyesi" isimli şiirdi. Evdeki kitaplıktan okumak için bir kitap

ararken, kalın mı kalın bir kitabı gözüme kestirip almıştım. Sayfaları gelişigüzel karıştırırken,

"Kerim on dört yaşındaydı,
kamburu yoktu.
Dümdüzdü fidan gibi
ve dünyaya meraklı bir çocuktu."

dizeleriyle karşılaştım ve o şiiri sonuna kadar okudum, sonra defalarca okuyup ezberledim. Kambur Kerim'in Hikâyesi'nden çok etkilenmiş ve üzülmüştüm. Ama en çok, bu hikâyeyi bu kadar güzel ve etkili anlatan Nazım'dan etkilenmiştim. Sonraki yıllarda tüm kitaplarını edinip okudum, birçok şiirini ezberledim. Belki siz de Nazım'ın şiirlerini okur, sever ve ezberlersiniz.

pruva: Engin Mavi'nin baş tarafı. Galiba söylemesi güzel bir sözcük olduğu için Engin Mavi bu sözcüğü çok seviyor... Pruva, ne güzel değil mi?

Sait Faik ABASIYANIK: Sait Faik Abasıyanık benim en sevdiğim, öykülerini tekrar tekrar okumaktan büyük keyif aldığım yazarlardan biridir. Türk edebiyatı tarihine en büyük öykücü olarak geçmiştir. Hatta bazı insanlar çağdaş öykümüzün Sait Faik ile başladığını da söylerler ki, bence haklıdırlar. Çok tatlı bir dili ve anlatımı vardır. Okuyucusunu öykünün içine çeker ve o öyküde yaşatır. Sait Faik'in herhangi bir öyküsünü okurken siz de bir anda kendinizi öykünün kahramanlarından biri gibi görmeye başlarsınız. Öykünün içinde oradan oraya koşar durursunuz. Denizi, balıkçıları, martıları, kendi yaşadığı adayı ve adaları, balığın bin bir türünü, rüzgârın bin bir çeşidini en iyi Sait Faik anlatmıştır. Bana soracak olursanız iyi ve güzel insanları da, kötü ve çirkin insanları da öykülerine konuk etmiş, o insanların dünyalarını bizlere tanıtmıştır. Anlattıkları içinde kediler, köpekler, dalgalar, ada insanları da vardır. Ama en güzel öyküleri çocuklar, çocuksu dünyalar üzerine olanlardır. Keşke tüm eserlerini okusanız. Ama birkaç tane öyküsünü ısrarla önermek isterim. Birazcık büyüyünce belki okursunuz. İşte o öykülerin isimleri: *Semaver, Son Kuşlar, Yandan Çarklı, Hişt Hişt, Dülger Balığının Ölümü.*

süvari: Birkaç anlamı varmış ama benim en çok hoşuma gideni 'atlı' oldu. Süvari 'atlı' demekmiş. Gemileri süren, kullanan kaptanlara da süvari denirmiş. Belki Sait Faik, o bilgili tekne bunu çok iyi bildiği için Engin Mavi'nin denizatına da süvari adını vermiş olabilir.

Titanik: Engin Mavi açık denizde keyifle yol alırken karşısına çıkan ve onu korkutan yelkenliyi hatırladınız mı? Titanik isimli yelkenliyi... İsmi gerçekten de tarihi bir gemiden geliyor. Ancak sonu kötü bitmiş bir gemiden. Öyküsü de şu: Titanik dünyanın en lüks ve en büyük gemilerinden biri olarak 1912 yılında yapılır. O güne kadar yapılmış en görkemli gemi olan Titanik ilk seferine 1912 yılında çıkar. Yüzlerce yolcusuyla birlikte İngiltere'den Amerika'ya gitmektedir. Ancak Amerika'ya varamaz. Yola çıktıktan bir kaç gün sonra Atlantik Okyanusu'nda bir buzdağına çarparak batar. Kazada yüzlerce insan hayatını yitirir. Bu kaza insanları o kadar kötü etkiler ki Titanik hakkında binlerce kitap yazılmış, onlarca film çekilmiştir.

yakamoz: Bazen denizin yüzeyi aydınlanır, parıldar. İşte bu parıltıya yakamoz deriz. Balıklar veya küreklerin kımıltısıyla oluşan bu parıltıyı siz de sever misiniz?

içindekiler

Karganın Rengi
Arslan Sayman

Kapakta da gördüğünüz gibi kapkara bir karga var. Karganın rengini kendilerine dert edinen iki arkadaş Emre ve Cenk var... Sevecenlikler Ülkesi'nde yaşayan Nikbin adında ilginç bir masal karakteri ile Nikbin'in oyun arkadaşı Selin var... Oyuncak bir fil, Afili adında sevimli bir köpekle Ilgın ve Ulaş var... Mandolin çalmak için çabalayan Kerem, Ozan, Elif'le, Ozan'ın korkulu rüyası Sezen Aksu var.

Ama galiba bunlardan daha önemlisi, bu kitapta çocuklar, arkadaşlıklar, paylaşım ve senin çok iyi bildiğin çocukluklar var.

Kitapta dört güzel öykü yer alıyor: Karganın Rengi, Ilgın'ın Fili, Nikbin'in Gece Gezmesi, Sevgili Mandolinim... Öykülerin kahramanları, ilköğretime giden çocuklar...

Karga'nın Rengi, içinde kapkara bir karga olan bir kitap. İsmini ilk hikâyesinden alan kitapta, çocuklar için birçok öykü yer alıyor. Çeşitli görsel malzeme ve çizimlerle desteklenen kitapta ayrıca, Sevecenlikler Ülkesi'nde yaşayan Nikbin adında ilginç bir masal karakteri ile onun oyun arkadaşı Selin'in hikâyesi, oyuncak bir fil, Afili adında sevimli köpekle Ilgın ve Ulaş'ın maceraları da okunmaya değer. Tüm hikâyelerin özünde ise çocuklar, arkadaşlıklar, paylaşma duygusu ve çocukça haller var.

Nihat Dağlı